DIE INSEL
DES KLEINEN
GOTTES

Alexander
Pechmann

DIE INSEL
DES KLEINEN
GOTTES

Roman / Steidl

Sei dein eigener Palast,
sonst wird dir die Welt zum Gefängnis.

John Donne

Prolog

Ich leide weder Hunger noch Durst. Da ist kein Herz mehr, das schlagen könnte, und das kalte Feuer ersetzt mir die Atemluft. Während das Schiff im Schattenmeer kreuzt, spüre ich nichts außer einem schwachen Sehnen nach etwas, das ich nicht benennen kann, obwohl ich weiß, dass es da ist. Ich warte reglos wie eine kleine Spinne im dunklen Winkel einer verlassenen Welt. Im Geiste wiederhole ich endlos meine Geschichte, suche nach Bedeutungen und Erklärungen, die mir bislang entgangen sind. Manchmal blitzt etwas auf und ich glaube zu verstehen, dann wieder erscheint mir das Ganze beliebig oder völlig absurd. Sind wir nur Puppen in der Hand eines launischen Gottes? Um die Antwort zu finden, will ich noch einmal von vorne beginnen …

Erster Teil:

DIE INSEL

Die Zauberinnen sollst du nicht am Leben lassen.

2 Mose 22,17

1

Ein Jahr nach dem Untergang der *Princess Augusta* begannen seltsame Gerüchte zu kursieren. Das Einwandererschiff aus Rotterdam war im Dezember 1738 vor Block Island verbrannt und gesunken, nun schien es als grelles Phantom vom Meeresgrund aufzusteigen: Männer der Küstenwache hatten in einer stürmischen Winternacht den brennenden Dreimaster erneut gesichtet und entsetzliche Schreie gehört. Sie waren mit dem Rettungsboot hinausgerudert, um der Crew und den Passagieren zu helfen, doch bevor sie nahe genug herankommen konnten, war das Schiff lautlos verschwunden, ohne eindeutige Spuren eines Unglücks zu hinterlassen. Keinerlei Wrackteile, Beiboote oder Überlebende. Nach wenigen Minuten war der unheimlich lodernde Brand wie eine kümmerliche Talgkerze erloschen, ohne die geringste Rauchschwade oder zumindest den Geruch von verbranntem Holz und Tauwerk zu hinterlassen.

In den Zeitungen Neuenglands las man in den folgenden Monaten hin und wieder von weiteren Sichtungen der rätselhaften Erscheinung. Skeptiker lachten darüber und scherzten über gewisse Leute, die gern zu tief ins Glas schauten. Fromme Menschen hielten die Sichtung jedoch für ein göttliches Zeichen, ängstliche für ein böses Omen und abergläubische für ein Geisterschiff, das an irgendein entsetzliches Verbrechen gemahnte. Jemand, so munkelte man, habe damals das geplünderte Wrack der *Princess Augusta* in Brand gesteckt, um von einer weit schlimmeren Tat abzulenken, und nun sorgten viele

Monate später gespenstische Flammen dafür, dass nichts vergessen und niemandem vergeben wurde.

Ich hätte das alles gern als blühenden Unsinn abgetan, der nur dazu diente, Zeitungsspalten zu füllen, wenn ich nicht selbst in jener Nacht, als die *Princess* auf Grund lief, am Strand von Sandy Point gewesen und zu dem Schiff hinausgerudert wäre. Die Vorstellung, dass dort immer noch etwas umging, das die Erinnerung an diese Schande wachhielt, erschütterte mich zutiefst. Niemand konnte wirklich Interesse daran haben, die Vergangenheit zurückzuholen, weder die Lebenden noch die Toten. Zumindest niemand, der damals das echte Feuer gesehen und die echten Schreie gehört hatte.

Zuweilen kehrte ich in meinen Träumen dorthin zurück, und mir war, als hörte ich das Meer selbst schreien, als wäre das Tosen der Brandung ein Chor der Verdammten und jede Welle eine Hand, die sich verzweifelt zum Himmel reckte, um ein kleines Stück von dieser lebenspendenden Kuppel aus Luft und Licht zu ergattern.

Die Zeit heilt alle Wunden, so sagt man, aber es war sinnlos, mir etwas vorzumachen. Ich wusste nur zu gut, dass mich die Ereignisse jener Nacht ein Leben lang verfolgen würden, obwohl ich noch nicht einmal einen Bruchteil der ganzen Geschichte kannte und mir vieles verborgen geblieben war. Damals, in den letzten Tagen des Jahres 1738, hatte ich nur eine Möglichkeit gesehen: Block Island zu verlassen, so schnell wie möglich und ohne je zurückzublicken. Nun erschien mir eine baldige Rückkehr zwingend notwendig. Ich musste endlich die Wahrheit erfahren, und die neuen Zeitungsartikel, so sensationslüstern und phantastisch sie auch anmuteten, bestärkten mich in meiner Absicht.

Ich kannte flüchtig jemanden, der hin und wieder für die *Pennsylvania Gazette* schrieb; ein alter Federfuchser mit Tinte an den Fingern und abgewetzten Rockärmeln,

ebenso gebildet wie eingebildet. Menschen mit saube-
ren Hemden mieden ihn wie der Teufel das Weihwas-
ser. Wenn man ihm einen Whiskey spendierte, begann
er jedoch selig von alten Zeiten zu schwadronieren, und
nach dem zweiten Glas wurde er hochpolitisch und flüsterte verschwörerisch von der baldigen Unabhängigkeit
der Kolonien. Wir saßen beim dritten Glas, als ich ihn
nach der angeblichen Wiederkehr der *Princess Augusta*
fragte.

»Ach, dieses vermaledeite Geisterschiff«, sagte er, als
wären die Gerüchte um den Spuk auf hoher See gar nicht
so außergewöhnlich. »Jeder spricht von diesem Geisterschiff, um nicht über das eigentliche Übel sprechen zu
müssen.«

»Wie meint Ihr das, Mr. Fryer?« Ich füllte sein Glas zum
vierten Mal nach.

Fryer rollte ungeduldig mit den Augen, strich eine fet-
tige Haarsträhne aus der faltigen Stirn, lehnte sich zurück
und trank den starken Fusel in einem Zug aus. »Kennt
Ihr die Eigentümer der *Princess*? Die Brüder Hope? Nun,
die verdienen sich eine goldene Nase, indem sie Einwanderer über den großen Teich bringen. Deutsche, Pfälzer
vor allem, und Holländer. Ihre Schiffe pendeln zwischen
Rotterdam und Philadelphia. Sie bringen Siedler in die
Kolonien und Tagelöhner nach Pennsylvania, Massachusetts und Rhode Island.«

Ich nickte. Die Reederei der Hope-Brüder war bekannt
wie ein bunter Hund, und jeder hatte schon einmal diese
totenbleichen, zerlumpten Einwanderer gesehen, die
nach vielen Wochen in dunklen Frachträumen auf See
zum ersten Mal einen Fuß auf den Boden ihres Gelobten
Landes setzten.

»Jawohl, Sir. Sie bringen neue Nahrung für die große
Knochenmühle namens Amerika. Vierhundert Passagiere
pro Fahrt, die Kinder nicht mitgezählt.«

Er schwieg und starrte mich herausfordernd an. Ich zuckte mit den Achseln. »Und weiter?«

»Soviel ich weiß, wurden rund sechzig Passagiere von der *Princess Augusta* gerettet, zwei oder drei Dutzend tot geborgen. Nun frage ich Euch, mein lieber Freund, wo sind die anderen geblieben? Die Rechnung geht nicht auf. Dreihundert Menschen sind einfach so verschwunden.« Er schnippte mit den Fingern. »Aber niemand interessiert sich dafür. Niemand wollte meinen Artikel drucken. Und jetzt ergötzt man sich an kindischen Gespenstergeschichten über brennende Schiffe und Strandpiraten!«

Ich zuckte unwillkürlich zusammen, als er die Zahl der Vermissten erwähnte. Dreihundert! Ich hatte einige der Überlebenden gesehen, doch sie waren zu schwach gewesen, um irgendwelche Fragen zu beantworten. Zwei Frauen waren am winterlichen Strand gestorben, gleich nachdem sie aus dem Wrack entkommen waren. Sogar die Stärksten waren zusammengebrochen, hatten geweint oder mit starrem Blick wirre Gebete gemurmelt.

Die Erinnerung schmerzte so sehr, als hätte ich selbst gelitten, nur war es in meinem Fall das Gewissen, das mich plagte. Denn ich war nicht nur unfähig gewesen, einem Einzigen dieser Schiffbrüchigen zu helfen, ich fühlte mich auch immer noch verantwortlich für ihr trauriges Schicksal. Diese Bürde konnte ich nicht abschütteln, und sie schien mit jedem Tag schwerer auf meinen Schultern zu lasten. Fryers Worte erhöhten meine Last um Hunderte Menschenleben. Ich schüttelte unwillkürlich den Kopf. Nein! Unmöglich! Es musste mehr dahinterstecken. »Habt Ihr mit Archibald Hope über das Unglück gesprochen?«, fragte ich hastig.

»Nur mit Mr. Shoemaker, seinem Konsignatar in Philadelphia. Das Büro der Hopes hat nie eine Stellungnahme zu dem Schiffsunglück abgegeben, und die Brüder selbst lassen sich selten in den Kolonien blicken. Die haben ein

Schiff verloren und stecken die Versicherungssumme in die Tasche. Alles andere interessiert sie nicht. Ihr hiesiger Geschäftspartner Ben Shoemaker hat jedoch einiges investiert. Er hat etlichen deutschen Hungerleidern die Überfahrt bezahlt, als Vorschuss für ein paar Monate harter Arbeit, und jetzt steht er mit leeren Händen da.«

»Ein Kaufmann mit leeren Händen«, sagte ich nachdenklich.

Fryer lachte höhnisch: »Klingt das nicht unglaublich? Fast wie ein Schreiberling mit vollen Taschen ... Oder wie ein Säufer mit trockener Leber!«

»Und die überlebenden Passagiere sind inzwischen wohl in alle Windrichtungen verstreut?« Ich wusste noch, dass man sie in den leerstehenden Sklavenhütten in Corn Neck untergebracht hatte, bis man sie aufs Festland bringen konnte.

Er nickte und starrte triefäugig in sein leeres Glas. »Würde mich nicht wundern. Einige sind wohl auf der Insel geblieben. In Newport erzählt man sich, eine der deutschen Frauen hätte doch wahrhaftig einen Sklaven geheiratet. Eine Hexe, so sagt man, eine Gefährtin des Teufels!«

2

Mr. Fryers Worte wurden von einem übel stinkenden
Atem begleitet, der die absurden Gerüchte über Hexen
und Teufel passend zu untermalen schien. Nach dem
fünften oder sechsten Glas Whiskey hatte ich aufgehört,
ihm zuzuhören, und war stattdessen in meinen eigenen Erinnerungen versunken. Ich dachte zurück an die
Wochen und Monate, die ich auf Block Island verbracht
hatte. *Manisse*, in der Sprache der Ureinwohner, »Insel
des kleinen Gottes«, aber niemand hatte mir erklären
können, was dieser seltsame Name eigentlich bedeutete.
Die Manisseer selbst, die wenigen, die nicht vertrieben,
ermordet oder an Blattern gestorben waren, reagierten
auf Fragen mit einem ernsten, trübseligen Kopfnicken
und blieben die Antwort schuldig. Mr. Ray, einer der
Inselpatriarchen und ältester Vertreter der ersten sech-
zehn Familien, die vor einem halben Jahrhundert von
Massachusetts hierhergezogen waren, spekulierte, dass
die korrekte Übersetzung »kleine Insel des Manitu« lautete, während das amerikanische Festland »große Insel
des Manitu« hieß. Wahrscheinlich hatte der alte Knabe
Recht, aber mir gefiel die andere Interpretation dennoch besser. Ich empfand die Vorstellung, dass es nicht
nur große, sondern auch kleine Götter gab, als befreiend
und tröstlich. Ein gewöhnlicher Sterblicher mochte bei
Letzteren eher Gehör finden. Freilich durfte man dergleichen gegenüber Mr. Ray, einem strenggläubigen Quäker,
nicht erwähnen. Er und die meisten anderen Siedler verstanden keinen Spaß, wenn es um religiöse Dogmen ging,

und sie sahen mitleidig auf mich herab, da ich ihren Glauben nicht teilte.

Sie hatten mich immer höflich behandelt, aber nicht sonderlich herzlich. Meinen Auftrag, die Insel zu vermessen und erste Skizzen für eine Karte der gefährlichen Klippen und Sandbänke zu fertigen, nahmen sie scheinbar gleichgültig hin. Skeptisch, fast schon feindselig wurden sie erst, als sie erfuhren, dass ich zudem auch noch geeignete Standorte für einen Leuchtturm prüfen sollte. Einige Kaufleute aus Newport und Providence, die schon Erfahrungen mit Schiffsunglücken vor der tückischen Küste von Rhode Island gesammelt hatten, waren auf die naheliegende Idee gekommen, dass ein oder zwei Leuchtfeuer kostengünstiger wären als etliche verlorene Schiffsladungen. Ein Bauwerk wie der berühmte Pharos von Alexandria war ihnen freilich zu kostspielig, und in der alten Heimat hatte man erst begonnen, mit Feuerbaken und Blüsen zu experimentieren. Doch es galt als ausgemacht, dass eine schlichte Kohlenpfanne auf einem Holzgerüst oder auf einem steinernen Turm manch ein Schiff vor Gefahren warnen und manch eine kostbare Fracht retten könnte.

Simon Ray Jr., der Sohn des Patriarchen, hatte mit ernster Miene versucht, mir das Misstrauen der Inselbewohner gegenüber technischen Neuerungen verständlich zu machen: »Die meisten Leute hier leben vom Meer«, hatte er gesagt, »vom Fischfang und vom Seetang, den sie als Dünger für ihre Felder verwenden. Das Meer gibt ihnen alles, und sie wollen nicht seinen Zorn wecken, indem sie ihm ein Opfer entreißen.«

Es war eine höfliche Umschreibung dafür, dass die Schiffe, die regelmäßig vor Block Island auf Grund liefen, eine weitere wichtige Einnahmequelle darstellten. Denn laut Gesetz durften diejenigen, die das angeschwemmte Strandgut eines Schiffswracks bargen, ein Drittel davon behalten – oder sogar mehr, falls niemand Anspruch erhob. Der Verlust der Schiffseigner war der Verdienst der Insulaner, die natürlich nicht das geringste Interesse daran hatten, Seefahrer von ihrer gefährlichen Küste fernzuhalten.

Die neuen Karten, die ich anfertigen sollte, würden ebenfalls den Profit der Strandräuber schmälern, indem sie auf gefährliche Untiefen hinwiesen, wenn auch nicht in dem Maße wie ein Leuchtfeuer. So hatte es immer wieder mehr oder minder auffällige Versuche gegeben, mir die Arbeit so schwer wie möglich zu machen. Das reichte von vorgeblich arglosen Einladungen auf ein, zwei Gläschen Wacholderschnaps bis zu falschen oder irreführenden Informationen. Mir war klar, dass sie Angst hatten. Angst vor Veränderung. Deswegen konnte ich ihnen kaum übelnehmen, dass sie sich gegen alles sträubten, was ihr Leben aus den gewohnten Bahnen zu werfen drohte, auch wenn dies zu lästigen Verzögerungen führte und ich meinen Aufenthalt immer wieder verlängern musste. Obwohl es nicht leicht war, mit den Insulanern und ihren Vorurteilen zurechtzukommen, gefiel mir die Arbeit, die Nähe des grau wogenden Ozeans, die einfachen Menschen mit ihren schlichten Vorstellungen von Glück, die friedliche Eintönigkeit der Tage. Die Zeit, so kam es mir zumindest vor, verlor an Bedeutung, und das Ticken der Uhr wurde stets vom Tosen der Brandung übertönt.

In Philadelphia sind die Träume der Siedler und Neuankömmlinge größer als an abgelegenen Orten wie Block Island, also auch die Enttäuschungen. Mit den Enttäuschungen wächst die Wut, aus Armut wird Elend, aus Elend Verzweiflung. Dass jeden Tag Schiffe mit neuen Einwanderern ankommen, sorgt für eine gereizte Atmosphäre, die sich nicht selten in einem Gewitter entlädt. Dergleichen hatte ich in allen größeren Küstenstädten

Neuenglands erlebt. Doch auf Block Island herrschte, zumindest dem Anschein nach, eine ganz andere Stimmung. Sie glich eher der gespannten Ruhe in den Grenzgebieten von Rhode Island und Massachusetts, wo man nur selten auf kleine Ansiedlungen traf und die Menschen gottesfürchtig und gastfreundlich, aber auch wortkarg und misstrauisch waren.

Die Siedler auf Block Island schienen vom selben Schlag zu sein; Bauern, Hirten und Fischer, die in rußigen Blockhütten hausten und ihre Kinder so gut es ging selbst unterrichteten, ohne ein anderes Schulbuch als die allgegenwärtige Bibel für nötig zu halten. Einige hielten Sklaven und fanden nichts Unrechtes dabei, obwohl die Kolonie von Rhode Island die Sklaverei abgeschafft hatte. Als ich um einen ortskundigen Gehilfen gebeten hatte, stellte man mir einen Mann von den Bermudas zur Verfügung, der offensichtlich Eigentum eines Mr. Littlefield war, aber umstandslos von den anderen Siedlern »ausgeliehen« wurde, wenn man eine starke Hand brauchte. New Port, so hieß der Mann, sollte mich wohl daran hindern, Großtaten zu vollbringen, denn er hatte wenig Ahnung von den hiesigen Ortsbezeichnungen, musste laut Gesetz spätestens um neun Uhr abends in seinem Quartier sein und humpelte stark, da er sich bei der Feldarbeit verletzt hatte und vorübergehend für Littlefield nutzlos war.

New Port erwies sich also eher als Ballast denn als tatkräftige Hilfe. Das hinderte mich nicht daran, seine Gesellschaft zu schätzen, zumal er ein erstaunlich sonniges Gemüt und scharfe Augen besaß. Er verhielt sich keineswegs unterwürfig, sondern zeigte ein aufrichtiges Interesse an meiner Arbeit und lernte rasch, obwohl er sich in Gegenwart seines Herrn gern einfältig stellte. Dies war wohl eine Überlebensstrategie, die er sich auf den Zuckerrohrplantagen der Karibik angeeignet hatte. Narben bedeckten seine Arme und Hände wie Zeichen einer unbekannten Keilschrift, doch ich wagte nicht, ihn zu fragen, woher diese Zeichen stammten. Eigentlich war das auch völlig überflüssig, denn jede Narbe erzählte dieselbe blutige Geschichte von Demütigung und Schmerz.

Sobald er merkte, dass ich mich für sein Schicksal interessierte, begann er von sich aus zu reden. Allerdings nicht über seine entsetzliche Vergangenheit oder seine triste Gegenwart, sondern über die Zukunft, die er sich erträumte. Er sprach lang und breit über seine Tochter Cradle, und es dauerte lange, bis ich begriff, dass sie noch nicht geboren, ja nicht einmal gezeugt worden war. Sie war ein Wunschkind, das er im Traum gesehen hatte, und dieses Traumbild gab ihm Kraft und Hoffnung. Ansonsten machte er sich keine Illusionen. Als ich ihn einmal arglos fragte, was er tun würde, wenn er ein freier Mann wäre, runzelte er die Stirn und spuckte auf den Boden. »Frei?«, sagte er. »Selbst wenn ich nach Recht und Gesetz frei wär, würd' euresgleichen mich als Sklaven ansehen, als Packesel, dessen Wert man daran misst, wie viel Arbeit er zwischen Morgengrauen und Einbruch der Nacht leisten kann.«

Während ich mit meinem Gehilfen die Insel durchstreifte, deren Wälder fast vollständig abgeholzt waren, so dass man vom Beacon Hill weit über die hügeligen Wiesen und Felder schauen konnte, folgte uns oft ein junger Kerl mit flammend rotem Haar und einem seltsam herausfordernden Grinsen, der sich offensichtlich nach Aufmerksamkeit sehnte. New Port kannte ihn als Mark Dodge, eines Fischers Sohn, der bei einem Unglück auf hoher See den Verstand verloren hatte und das Leben eines Ausgestoßenen führte. Man erzählte mir, er sei aus dem Fischerboot seines Vaters unbemerkt ins Meer gefallen und habe eine ganze Nacht allein im dunklen Wasser verbracht, ohne Hoffnung auf Überleben. Ein anderes Gerücht besagte, der Vater habe ihn mit eigenen Augen über Bord fallen sehen, aber sich geweigert, ihm zu helfen oder ihm auch nur ein Tau zuzuwerfen. Er habe schweigend an der Reling gelehnt und kaltblütig den Todeskampf seines Sohnes beobachtet. Ich wusste nicht, was wirklich vorgefallen war, aber ich stellte mir vor, was in Marks Kopf vorgegangen sein musste, als sein leiblicher Vater ihm jede Hilfe verweigerte. Es war zumindest eine glaubwürdige Erklärung für den zerrütteten Verstand des Jungen, und es entsprach der verbreiteten Ansicht der Inselbewohner, dass man dem Meer kein Opfer verweigern darf.

3

Die Reise nach Block Island konnte ein, zwei Tage in Anspruch nehmen, je nachdem, ob günstige Winde herrschten und ob man in Newport einen Kapitän fand, der bereit war, einen Passagier mitzunehmen und abzusetzen. Das Gleiche galt für die Rückfahrt, auch wenn man viel länger auf eine Transportmöglichkeit warten musste, denn die rund dreißig Meilen vom Festland entfernte Insel wurde nicht regelmäßig von Postschiffen angelaufen. Damals, im Winter 1738, hatte ich meine Triangulationen längst beendet und alle Zahlen notiert, die der Kartenzeichner benötigte. Doch es war ein überaus stürmisches Jahr, und ein Sturm nach dem anderen verhinderte meine Abreise. Keiner der ansässigen Fischer wollte die Überfahrt riskieren, ganz gleich, wie viel Geld ich dafür bot. Der kleine Gott wollte mich noch nicht gehen lassen, so dachte ich schicksalsergeben und nutzte die Zeit, um an meinem Bericht über die geeigneten Standorte für das geplante Leuchtfeuer zu feilen. Durch die trüben Fenster von Mr. Rays großem Haus konnte ich beobachten, wie die von niedrigen Steinmauern durchzogene Hügellandschaft allmählich unter einer weißen Schneedecke verschwand.

Wenn es stärker schneite, blieb der Schnee sogar auf den vielen großen und kleinen Pechtümpeln liegen, die man hier überall fand und die für Mensch und Tier gefährlich waren. Zumindest erzählte man mir allerlei Schauergeschichten über einsame, unachtsame Spaziergänger, die in der zähen, klebrigen Masse steckengeblieben und versunken waren, um Jahre später als leblose schwarze Statuen wieder aufzutauchen. Ich wusste nicht recht, ob man derlei ernst nehmen oder als gutmütige Neckerei verstehen sollte, aber das natürliche Pech, das anscheinend in unerschöpflichen Mengen vorhanden war, interessierte mich sehr. Die Insulaner waren dazu übergegangen, es in ihren Öfen zu verheizen, da Holz inzwischen zur Mangelware geworden war. Sie schöpften das Material aus den Tümpeln und formten daraus große Kugeln, die sie trockneten und zu Pyramiden stapelten. In allen Häusern von Block Island hatte sich inzwischen der beißende Geruch dieses Brennmaterials festgesetzt, und ich hatte nach all den Monaten immer noch Schwierigkeiten, mich daran zu gewöhnen.

An den langen Winterabenden diskutierte ich mit Mr. Ray und seinen erwachsenen Söhnen die Möglichkeit, das Pech im großen Stil abzuschöpfen und entweder als natürlichen Brennstoff oder zum Kalfatern von Schiffen in die Kolonien oder sogar nach Europa zu verkaufen. Die Männer waren von meiner Idee wenig begeistert, und die Frauen der Familie sahen nicht einmal von ihren Handarbeiten auf. Als ich dann vorschlug, man könne mit dem Pech vielleicht auch ein Leuchtfeuer füttern, um keine teure Kohle importieren zu müssen, schüttelten Männer wie Frauen den Kopf. Der Aufwand würde sich nicht lohnen, meinten sie, aber ich kannte bereits ihre konservative Einstellung und hatte das Thema nur aufgegriffen, um das winterliche Schweigen meiner wortkargen Gastgeber zu brechen.

Um dieser zuweilen bedrückend wirkenden Stille zu entkommen, die nur von langen, monotonen Lesungen aus der Bibel unterbrochen wurde, ging ich ein- oder zweimal am Tag spazieren und streifte oft stundenlang über die Felder zur Küste, selbst wenn das Wetter noch so schlecht und der anhaltende Nordwestwind noch so unangenehm war. Ich vermisste New Ports Gesellschaft, doch hatte ich keine Ausrede mehr, mir den guten Mann »auszuleihen«, der nun wieder auf Littlefields Farm schuftete. Mark Dodge war mir hingegen treu geblieben und folgte mir weiterhin in geringem Abstand, wann immer ich das Haus verließ. Freilich konnte man mit ihm kein vernünftiges Gespräch führen. Sprach man ihn an, gab er meist zusammenhangloses Geschwätz von sich. Manchmal amüsierte er mich mit einer hanebüchenen Geschichte über Kapitän Kidds Piratenschatz, den er bald finden werde, woraufhin jeder Mann auf der Insel seinen Hut vor ihm ziehen und ihn »Mr. Dodge« nennen müsse.

Über die Pechtümpel wusste er zu sagen, dass darin der schwarze Holzfäller wohnte, eine sonderbare Gestalt, die in den Altweibergeschichten der Siedler die Rolle des Teufels und satanischen Verführers übernommen hatte. »Nein, Sir«, kicherte Dodge und bleckte seine fauligen Zähne, »dieses Pech bringt niemandem Glück, niemandem außer mir!«

»Seid Ihr ihm je begegnet, diesem schwarzen Holzfäller?«

»Ich werde ihm gewiss eines Tages begegnen, wenn ich geduldig warte. Es ist nämlich so, dass er der Einzige ist, der einem den richtigen Weg zu dem Schatz zeigen kann. Jawohl, Sir.«

Ob der Hüter des Schatzes denn nichts für seine Hilfe verlangen werde, fragte ich den verwirrten Jungen, und er schüttelte grinsend den Kopf. Später erfuhr ich, dass dieser gespenstische Holzfäller nicht schwarz war wie der Sklave New Port, sondern bleich, mit leuchtend blauen Augen, schwarzem Haar und schwarzem Kittel. Eine von Mr. Rays Töchtern, Alba, hatte mir alles über ihn erzählt. Man erwähnte ihn gern, um ungehorsamen Kindern einen Schrecken einzujagen, und es hieß, er könne einem jeden, wirklich jeden Herzenswunsch erfüllen, verlange dafür aber einen hohen Preis: Man müsse zunächst den Menschen töten, den man am meisten liebe, erst dann gehe der Wunsch – manchmal war auch von drei Wünschen die Rede – in Erfüllung.

Das interessierte mich. War nicht der handelsübliche Preis eines Geschäfts mit dem Teufel die Seele? Seine Seele opfert man gerne für eine Truhe voll Gold und Edelsteinen, für Reichtum und Macht. Denn so eine Seele wiegt nicht viel, und die meisten Leute glauben, gut darauf verzichten zu können. Das Liebste zu töten, um eine Sehnsucht zu stillen, schien mir hingegen kein sonderlich verlockendes Angebot zu sein. Aber vielleicht sieht das jemand, der sein karges Erdendasein in der Hoffnung auf eine bessere Welt fristet, anders.

Ich fragte mich, warum Dodge den Preis des schwarzen Holzfällers verheimlichte und ob er wirklich bereit war, einen geliebten Menschen für ein bisschen Gold umzubringen. Gab es denn überhaupt jemanden, den er liebte? Für mich war er der einsamste Mann, den ich je getroffen hatte, aber im Grunde kannte ich ihn kaum und wollte ihn nicht nach den Geschichten beurteilen, die über ihn im Umlauf waren. Er galt als Dieb, Brandstifter, Kinderschreck und Tierquäler, und man ließ gerne durchblicken, dass er der kleinen Gemeinde als Ertrunkener lieber gewesen wäre denn als lebendiger Plagegeist.

Aus reiner Neugier bat ich ihn einmal um seine ehrliche Meinung zu dem geplanten Leuchtfeuer, wohl wissend, dass er von den rückständigen Ansichten seiner Landsleute wenig hielt und ihnen oft aus Prinzip widersprach. »Nein, Sir«, sagte er mit übertrieben vernünftiger Miene und dem Tonfall eines überheblichen Schulmeisters, »meinethalben könnte man gut und gern auf solchen Schabernack verzichten. Schließlich gibt es weitaus praktikablere Methoden, um Schiffen nächtens den Weg zu weisen. Man binde eine Laterne an den Schweif eines schwarzen Pferdes und lasse es fürderhin nachts am Meeresufer entlangtraben.«

Ich hielt dies für eine ähnlich absurde Wahnidee wie den großen Piratenschatz und den schwarzen Holzfäller, doch das Pferd mit der Laterne existierte tatsächlich, und ich habe es an jenem Dezemberabend des Jahres 1738 mit eigenen Augen gesehen.

4

Alba Ray hatte mich immer wieder vor Dodge gewarnt. Sie sagte, sein Wahnsinn sei nicht von der harmlosen Sorte. Seit er beinahe ertrunken war, sei er besessen vom Tod, und jedes Mitgefühl sei in ihm verkümmert und verdorrt wie eine abgerissene Brombeerranke am Straßenrand, von der im Herbst nur die Stacheln blieben. »Liegt jemand im Sterben«, erzählte Alba, »scheint er es auf unheimliche Weise zu wittern. Er nähert sich dem Haus des Todgeweihten und hockt sich in respektvoller Entfernung auf den Boden. Dort harrt er aus, manchmal Stunden, manchmal Tage, bei Regen, Sturm, Schnee oder Sommerhitze, bis jemand ihn verscheucht oder bis er mit einem triumphierenden Grinsen fortschleicht.«

Alba war kein furchtsames, abergläubisches Mädchen, sondern bodenständig und tatkräftig wie alle Söhne und Töchter von Simon Ray. Ihr roter Haarschopf ließ sich kaum von der züchtigen Haube bändigen, und ihre grünen Augen blitzten oft schalkhaft, doch wenn sie von Dodge sprach, wurde ihre Stimme leise und ihre von Sommersprossen bedeckten Wangen erbleichten. Man sah es ihr deutlich an, dass sie ihre Warnung ernst meinte, und ich hätte besser auf ihre Worte achten sollen, anstatt bloß immerzu auf ihre vollkommenen Lippen zu starren.

Damals nahm ich das alles auf die leichte Schulter. Vielleicht, weil ich Dodge besser zu kennen glaubte als die Leute, die ihn wie einen Aussätzigen behandelten, da er die Frechheit besessen hatte, gegen sein vorbestimmtes Schicksal aufzubegehren. Ich hatte sogar das Gefühl, dass er mir in dieser Hinsicht ähnlich war. Denn ich galt weithin als eigensinnig und widerspenstig, hatte immer schon Schwierigkeiten, mich anzupassen, und wollte mich nie mit dem abfinden, was meine Mitmenschen als notwendig ansahen. Manch einer hielt mich schon deshalb für verrückt, weil ich gern allein durch die Wälder streifte und nie davon sprach, eine Familie zu gründen und endlich sesshaft zu werden, obwohl ich hin und wieder wehmütig daran dachte – besonders in Gegenwart einer liebenswürdigen Schönheit wie Alba. Mein großzügiger Onkel Solomon van Roon hätte mir jederzeit einen ruhigeren Posten in seinem See- und Landkartenverlag angeboten, den ich eines Tages von ihm übernehmen sollte, doch ich arbeitete lieber weiter als einfacher Feldmesser für ihn, auch wenn es mir nicht viel einbrachte. Wenn ich zu lange in einem geschlossenen Raum blieb, glaubte ich ersticken zu müssen; frei atmen konnte ich nur unter dem weiten Himmelszelt, und diese rastlose Art von Freiheit ließ mich manchmal vergessen, dass die Einsamkeit allmählich meine Tugenden und Talente überwucherte und einen Schatten auf alles warf, was andere Menschen für wertvoll halten.

Dass Mark Dodge nicht dasselbe wollte wie ich und nicht bloß ein freiheitsliebender Sonderling war, sondern bis auf den Grund seiner armen Seele zerrüttet, krank und verdorben, hielt ich für eine maßlose Übertreibung. Bis mir ein Stück weit die Augen geöffnet wurden.

In der Nacht des 27. Dezember 1738 hatte ich zunächst nicht die geringste Ahnung, was vor sich ging. Während der Feiertage hatte ich mir die Zeit damit vertrieben, mehr zu trinken, als gut für mich war, und trübsinnigen Gedanken nachzuhängen, während ich kleine Geschenke, Pferdchen für die Kleinen und einen Ring für Alba, aus Treibholz schnitzte. Wahrscheinlich hatte ich auch in jener Nacht zu viel von Littlefields selbstgebranntem

Wacholderschnaps gebechert, aber ich kann mich noch deutlich erinnern, wie laute Rufe und Glockengeläut die ganze Familie Ray aus dem Haus lockten, trotz des eisigen Windes und des Schneetreibens. Ich folgte ihnen neugierig auf etwas wackligen Beinen; einen solchen Aufruhr hatte ich auf Block Island noch nie erlebt. Die Rays wohnten im südwestlichen Teil der Insel. Wir eilten auf der verschneiten Straße nach Norden. Bald trafen wir auf andere Inselbewohner, die mit Öllampen und lodernden Fackeln ausgerüstet waren. Es hieß, ein Schiff sei auf der Sandbank zwischen Sandy Point und der vorgelagerten kleinen Insel The Hummock auf Grund gelaufen. Die schmale Landspitze im Norden war von Simon Rays Hof ungefähr zehn Kilometer entfernt, ein recht langer Fußmarsch bei Kälte und Sturm. Also scheuchte der alte Patriarch die Frauen und Kinder zurück ins Haus und ließ den Wagen anspannen.

Ich saß neben Mr. Ray und seinem ältesten Sohn auf dem Kutschbock. In der Dunkelheit und dem Schneegestöber kamen wir nur langsam voran, und wir trafen immer wieder Leute, die zu Pferd oder zu Fuß dieselbe Richtung eingeschlagen hatten, als hätten die Trompeten des Jüngsten Gerichts sie nach Norden gerufen. Ja, sie glichen in ihren dicken Wintermänteln und mit ihren Biberfellmützen wirklich verlorenen Seelen, die mit dem eisigen Wind zwanghaft und wortlos auf dasselbe Ziel zutrieben. Ich sah auch einige Indianer, die sich in schäbige Wolldecken hüllten, und Sklaven, unter ihnen mein ehemaliger Gehilfe New Port, die sich halblaut in ihrem kreolischen Patois unterhielten und mit bloßen Füßen durch den Schnee stapften, obwohl sie zu dieser späten Stunde ihre Unterkünfte eigentlich nicht verlassen durften.

Auf mich wirkte das alles wie ein verwirrender Traum, der groteske oder sogar erschreckende Bilder und Perspektiven vorgaukelt, aber stets den Trost baldigen Erwachens bereithält. Trotz der Kälte spürte ich noch die Hitze des Alkohols in den Adern, und ich betrachtete meine Umgebung aus einer neugierigen Distanz, als wäre ich nur Gast in einem fremden Körper. Als würde ich ein fesselndes Stück im Theater verfolgen.

Ich weiß nicht, wie lange es dauerte, bis wir den schmalen Küstenstreifen erreichten, aber ich erinnere mich deutlich an das große, krängende Schiff, an dessen Fockmast die Reste eines zerfetzten Segels im Sturmwind flatterten. Unser Wagen hatte auf einer Böschung über dem Strand gehalten, und ich sah, wie die dort bereits versammelten Leute versuchten, ein Pferd einzufangen, das sich immer wieder in Panik aufbäumte – ein schwarzes Pferd, dem jemand eine Laterne an den Schweif gebunden hatte.

Wir ließen den Wagen stehen und liefen zum Strand. Der Dreimaster lag nahe genug am Ufer, um ihn schwimmend erreichen zu können. Doch das Wasser war tödlich kalt. Niemand war bereit, das Wagnis einzugehen, aber die Menschen an Bord des Schiffes, zumindest einige von ihnen, wagten in ihrer Verzweiflung den Sprung und verschwanden in der schwarzen, wogenden See.

Die Leute am Ufer gafften bloß ungerührt, und ich gaffte mit ihnen. Da bemerkte ich, wie zwei der Sklaven, New Port und sein Bruder, ein hünenhafter Mann namens Moses, ein Ruderboot über den Sand in die Brandung schoben. Ob man es ihnen befohlen hatte oder ob sie aus eigenem Antrieb handelten, kann ich nicht sagen, aber ich lief, ohne lange zu überlegen, zu ihnen, um ihnen zu helfen. Unterwegs stieß ich auf Dodge, der mit einem geistlosen Grinsen das gestrandete Schiff anstarrte. Er begleitete mich jedoch bereitwillig zu dem Boot, und wir ließen es mit vereinten Kräften zu Wasser. Die beiden Sklaven sprangen ins Boot, um zum Wrack hinauszurudern. Dodge folgte ihnen, und New Port winkte mir, ebenfalls an Bord zu kommen. Die Brandung war stark, aber mit vier Mann an den Rudern konnte man es schaffen. Es herrschte schwere See, doch das Schiff in Not lag nicht so weit draußen, dass die Strecke unüberwindlich gewesen wäre.

»Mister van Roon! Mister van Roon!«, hörte ich hinter mir jemand rufen, aber ich drehte mich nicht um, sondern kletterte auf die Ruderbank neben den immer noch grinsenden Mark Dodge. New Port reichte mir mit einem selbstbewussten Nicken einen schweren Riemen, und bald pullten wir im Takt, keuchten und schwitzten, stemmten uns gegen die Fluten und schmeckten die salzige Gischt auf den Lippen. Die Anstrengung vertrieb schließlich die hartnäckigen Nebelschwaden aus meinem getrübten Verstand, und mir wurde plötzlich bewusst, dass wir – zwei Sklaven, ein Schwachsinniger und ein Trunkenbold – tatsächlich die Einzigen waren, die den Schiffbrüchigen zu Hilfe eilten, obwohl mehrere Dutzend Männer und Frauen das Unglück beobachteten und zwei oder drei weitere Boote kieloben am Strand lagen.

»Pullt, meine Freunde!«, brüllte Dodge, und sein Lachen klang schrill wie die Schreie eines hungrigen Seevogels, der Beute sichtet. »Pullt, ihr schwarzen Teufel! In der Hölle wartet ein warmes Plätzchen auf uns!«

5

Mehr als ein Jahr war seither vergangen, aber ich glaubte immer noch ein Echo von Mark Dodges Lachen zu hören, wenn Seemöwen über mir kreischten, kreisten und vom grauen Himmel herabstießen, um ein Stückchen Abfall zu ergattern, das auf den Wellen tanzte. Konnte ich meiner Erinnerung trauen? Rückblickend kam mir alles so unwirklich und grotesk vor – das Lachen des Wahnsinnigen, das Brüllen des Meeres und schließlich das alles verschlingende Feuer. Ich hatte mir viel Mühe gegeben, die entsetzlich verwirrenden Erlebnisse jener Winternacht hinter mir zu lassen und mich damit abzufinden, dass ich den Lauf der Dinge weder aufzuhalten noch zu ändern vermochte. Es wollte mir jedoch nicht gelingen, mich selbst von meiner Unschuld zu überzeugen. Eine Stimme flüsterte beharrlich im Abgrund der Tagträume. Sie rief mich zurück zur Insel des kleinen Gottes, und nun konnte ich den Ruf nicht länger ignorieren.

»Habt Ihr je von diesem seltsamen Schiff aus Feuer gehört, das vor der Küste von Block Island gesichtet wurde?«, fragte ich den Fischer, der mich für ein paar Münzen zur etwa dreißig Meilen vom Festland entfernten Insel brachte.

Der alte Seemann mit dem wettergegerbten Gesicht und den listig funkelnden Augen stand breitbeinig und reglos wie eine Statue am Steuerrad. Er lächelte nachsichtig, als hätte ich ihn gefragt, warum der Himmel blau sei. »Mein Schwager hat's tatsächlich gesehen. Das brennende Schiff. Nur von Ferne leider, aber die Nacht war klar, und die Flammen loderten über der spiegelglatten See wie von drei riesigen Fackeln. Fockmast, Großmast und Besan, würde ich meinen. Drei Maste, drei Fackeln. Manche haben jedoch nur eine Flamme gesichtet, fahl und gespenstisch. Sie sagen, es sei wie die Feuersäule, die den Israeliten den Weg ins Gelobte Land wies, und es heißt, dass man auf das Licht zusteuern muss, um einen großen Fang einzuholen. Unser Pfarrer aber sagt, es sei der Widerschein des Fegefeuers, in dem die sündigen Seelen brennen, und es ermahne uns zur Gottesfurcht und zur Demut.«

»Und was meint Ihr, Kapitän?«

Wieder blitzte dieses Lächeln auf, das der Alte sich offenbar für Kinder, Grünschnäbel und ahnungslose Landratten aufgehoben hatte. »Man sieht so manches, wenn man nachts draußen auf See ist und seine Netze auswirft. Ein Mann allein sieht oft mehr als zwei oder drei Männer, weil die Einsamkeit allerlei Schabernack mit unseren fünf oder sechs Sinnen treibt. Man kann sich nicht immer auf Aug und Ohr verlassen, ebenso wenig wie auf die Worte eines gerissenen Garnspinners.«

»Wollt Ihr ein solches Garn für mich spinnen?«, fragte ich ihn aus reiner Neugier. Er hatte die beschwörende Stimme eines guten Geschichtenerzählers und schien auf meine Bitte gewartet zu haben, denn er begann sogleich über Geisterschiffe und allerlei Unheimliches zu dozieren. Viel Neues wusste er nicht zu berichten, doch kannte er die Mythen seiner Zunft, deren Wurzeln zurückreichten bis zu den Seefahrern des Altertums und zu den Wundern, von denen die Dichter Griechenlands sangen.

»Das meiste ist freilich Altweibergeschwätz«, gestand er freimütig. »Hin und wieder erhascht man aber auch einen flüchtigen Blick hinter den schwarzen Vorhang und sieht Dinge, die anderen Menschen verborgen bleiben. Ja, und der Unglückliche, dem eine solche Offenbarung zuteilwurde, kommt rasch in Verdacht, irrsinnig oder ein gottloser Ketzer zu sein. Deshalb sprechen meine Leute gern über Meerjungfrauen, den sagenhaften Kraken, der das Ende der Welt verkündet, und das berühmte Geisterkanu, das die Seelen verstorbener Seefahrer abholt. Doch sie zögern, wenn es darum geht, eigene Erfahrungen preiszugeben. Der Schwager eines alten Freundes, der viele Jahre zur See fuhr, auf Walfängern und Robbenjägern, stand einmal an Bord seines Schiffes plötzlich seinem jüngeren Bruder gegenüber, der am anderen Ende der Welt als Maat auf einem Kauffahrer diente. ›Wie bist du hierhergekommen?‹, fragte der Ältere den Jüngeren. ›Ich weiß nicht‹, antwortete dieser. ›Mir war so kalt, und ich bekam keine Luft. Dann schien ich zu fallen wie in einem schlechten Traum. Als ich die Augen öffnete, war ich hier bei dir und wusste, dass alles in Ordnung ist. Aber jetzt bin ich müde, hundemüde. Gib mir eine Koje, damit ich 'ne Mütze voll Schlaf bekomme, und wir reden morgen über alles.‹ Er legte sich in die Koje, die ihm sein Bruder zugewiesen hatte. Am nächsten Morgen war er verschwunden, doch die Koje war so nass, als hätte man drei Eimer voll Meerwasser hineingeschüttet, und auf dem Kissen lag feuchter Tang. Viele Monate später erfuhr der Ältere, dass sein jüngerer Bruder beim Segelreffen von einer Rahe gestürzt und ertrunken war – Hunderte Meilen entfernt im Indischen Ozean.«

Ich unterdrückte ein Grinsen, um ihn nicht zu kränken. Solche Geschichten von gespenstischen Wiedergängern hatte ich zu oft gehört, um sie allzu ernst nehmen zu können. »Wie erklärt Ihr Euch diese seltsame Begegnung?«, fragte ich höflichkeitshalber.

Er zuckte mit keiner Wimper und antwortete scheinbar aufrichtig: »Für mich ist nichts wirklich Seltsames daran. Es gibt ein Band zwischen allen Menschen. Manchmal ist es ein unzerreißbares Tau, manchmal ein hauchdünner

Faden. Vielleicht ist es so, dass das Meer diese Verbindung noch verstärkt, während Raum und Zeit an Bedeutung verlieren. Wer weiß, wer will es wissen?«

Seine Worte machten mich nachdenklich. Dass Menschen auf geheimnisvolle Weise miteinander verbunden sind, war ein zu schöner Gedanke, um ihn einfach als Aberglauben abzutun. Ich musste an meine eigene Familie denken und fragte mich, was sie zusammenhielt oder eher auseinandertrieb. Ich dachte an meinen Onkel, der mich wie einen Sohn behandelte, mir aber dennoch immer fremd geblieben war. An meinen Vater, der in meinen Kindheitserinnerungen eine schattenhafte Rolle spielte: Ich kannte ihn nur als gramgebeugten Mann mit langem grauem Bart, der stundenlang vor dem Kamin saß und ins Feuer starrte, das nie genug Wärme zu spenden schien. Denn er zitterte unentwegt und verlor sich in Selbstgesprächen, die sich meist um seine unglaublichen Pechsträhnen drehten. Jede seiner Investitionen endete als Fiasko, ganz gleich, ob es um angeblich wertvolle Ländereien oder Handelsbeziehungen ging. Er war wie König Midas, nur dass seine Berührung nicht alles in Gold, sondern in Staub verwandelte. Vielleicht hatte er mich deshalb nie umarmt, aber ich fürchtete dennoch, dass etwas von dieser üblen Gabe auf mich abfärben würde.

»Seht!«, sagte der Fischer und deutete bugwärts auf den Horizont, wo sich bereits ein schmaler Küstenstreifen abzeichnete, nur eine Spur dunkler als der graue Ozean. »Block Island.«

Ich nickte schweigend und fragte mich, ob das, was der Alte den Menschen nachgesagt hatte, auch für Orte gelten mochte. Denn als ich die Insel nach so vielen Monaten wiedersah, wurde mir bewusst, dass es nicht nur Schuldgefühle gewesen waren, die mich zur Rückkehr gedrängt hatten. Da gab es ein Gefühl von Verbundenheit, das ich mir nicht erklären konnte. Eigentlich war ich ein geborener Vagabund, der ungern Wurzeln schlug, doch nun ahnte ich ansatzweise, dass »Heimat« und »Zuhause« nicht bloß sentimentale Begriffe waren, sondern eine unvergleichliche Macht besaßen.

Beim ersten Anblick der Karte, die nach meinen Berechnungen und Skizzen entstanden war, hatte ich ähnlich empfunden, ohne mir lange Gedanken darüber zu machen. Ich hatte es damals der Kunstfertigkeit des Kartenzeichners zugeschrieben und überlegt, woran mich die Form der Insel erinnerte. An eine Träne? Die Träne des kleinen Gottes, der über seinem zerbrochenen Spielzeug weint? Es waren abwegige Gedanken, die ich sofort verwarf, die sich aber so hartnäckig festklammerten wie Seepocken am Rumpf dieser Fischerschmack.

Die Träne – bleiben wir einfach bei diesem Bild – hatte als einzige Abweichung von ihrer idealen Form eine große, fast kreisrunde Bucht an ihrer nordwestlichen Küste. Der alte Kapitän nahm Kurs auf den natürlichen Hafen und brüllte einige knappe Befehle an seine Crew, die hurtig in die Takelage aufenterte, um gemäß seinen Anweisungen Segel zu reffen und die Rahen zu brassen.

6

Die Sonne sank bereits hinter den Horizont, als die Schmack in den natürlichen Hafen, den sogenannten Great Salt Pond, einlief und an einer der hölzernen Landungsbrücken festmachte, wo bereits andere Fischerboote träge in der schwachen Dünung schaukelten. Die nächste Fangsaison begann erst im Herbst, in einigen Monaten, so dass die meisten Inselbewohner auf den Feldern arbeiteten oder an den Stränden Seetang sammelten. Zu dieser späten Stunde waren sie freilich längst in ihre Blockhäuser heimgekehrt, und die Bucht war weitgehend menschenleer, bis auf zwei bärtige alte Männer in zerschlissenem Ölzeug, die aus einem wackligen Schuppen getreten waren, um der Schmack beim Einlaufen zuzusehen und den Kapitän mit neugierigen Fragen zu begrüßen. Er beugte sich über die Reling und plauderte mit ihnen über gute und schlechte Fanggründe, über den Geiz der Kaufleute in den großen Städten und natürlich über das Wetter.

Ich versuchte gar nicht erst, mich in das fachkundige Gespräch einzumischen, schulterte meinen Seesack und sprang auf die Pier. Mit einem kurzen Nicken verabschiedete ich mich vom Kapitän und begegnete den misstrauischen Blicken der beiden Alten mit offener Miene. »Mr. Ray ist zu Hause?«, fragte ich.

»Wird wohl so sein«, antwortete einer der beiden einsilbig. Nach der langen Überfahrt fühlte sich der feste Boden unter meinen Füßen seltsam unzuverlässig an, so dass ich den Landungssteg ziemlich steifbeinig verließ und an den windschiefen Fischlagern vorbei zu dem nahegelegenen

Friedhof ging, von dem ein Weg entlang einer niedrigen Steinmauer nach Süden führte. Man konnte sich ganz gut an den groben Mauern orientieren, mit denen die Siedler ihre Grundstücke begrenzten. Östlich von der Mauer, der ich folgte, lagen die Felder von Edward Sands, im Südwesten die der Familie Ray, Littlefield hatte seinen Hof irgendwo dazwischen.

Nach einer Dreiviertelstunde erreichte ich mein Ziel. Niemand auf der Insel verriegelt seine Tür, denn wo es nichts zu stehlen gibt, muss man sich nicht vor Dieben fürchten. So klopfte ich nur kurz, um mich bemerkbar zu machen, und trat umstandslos ein. Die Familie hatte sich nach dem Abendessen am Kamin versammelt, um den Tag mit einer Lesung aus der Bibel zu beenden. Der junge Simon Ray deutete schweigend auf einen leeren Platz an der Fensterbank, und ich setzte mich, um das Ende des althergebrachten Rituals abzuwarten. Mein Blick wanderte durch den vertrauten, spartanisch möblierten Raum und zu den glatten und runzeligen Gesichtern der drei Generationen, die sich ernst in ihre Gebete vertieften und nicht durch meine Anwesenheit ablenken ließen. Alba war nicht unter ihnen, wie ich mit einigem Bedauern, aber ohne mir deshalb Gedanken zu machen, feststellte, und die tiefen Furchen auf der Stirn des Familienvaters schienen anzudeuten, dass mein Besuch eher lästig als willkommen war. Ich glaubte jedoch, ihn gut genug zu kennen, um nach so langer Zeit erneut auf seine Gastfreundschaft zählen zu können.

Nach einer gefühlten Ewigkeit klappte der Patriarch seine in schwarzes, abgewetztes Leder gebundene Bibel zu und gönnte sich noch eine Minute der Andacht, ehe er von seinem Stuhl aufstand und zum ersten Mal in meine Richtung schaute. Seine Frau, Kinder und Kindeskinder erhoben sich nun ebenfalls und warteten darauf, dass er mich begrüßte.

»Mr. van Roon!«, sagte er mit unveränderlich strenger Miene. »Ihr seid zurück? Wer hätte das gedacht?« Die Worte klangen nicht so vorwurfsvoll, wie ich wegen seiner abschätzigen Blicke befürchtet hatte, sondern nur müde und traurig, was mich in meiner Hoffnung bestärkte, zumindest diese eine Nacht in seinem Haus verbringen zu dürfen. Ich hatte mir natürlich längst einen Vorwand zurechtgelegt, um mein unangemeldetes Erscheinen zu rechtfertigen.

»Die Karte ist endlich fertig«, erwiderte ich, »und ich hielt es für meine Pflicht, Euch ein erstes Exemplar persönlich zu überbringen.«

»Das wäre doch nicht nötig gewesen!« Sein harter Gesichtsausdruck löste sich ein wenig, als fühlte er sich geschmeichelt. »Ihr hättet sie dem nächstbesten Kapitän mitgeben können.«

Inzwischen hatte ich eine Ledermappe aus meinem Seesack hervorgeholt und überreichte sie mit einer kurzen Verbeugung. »Dann hätte ich nie erfahren, ob Ihr mit dem Ergebnis zufrieden seid oder Ergänzungen und Korrekturen vorschlagen wollt.«

Einen Moment fürchtete ich, zu dick aufgetragen zu haben, doch mein scheinbares Interesse an seinem Urteil freute ihn sichtlich und seine Miene hellte sich auf, auch wenn ein trauriger Zug in seinem Mundwinkel verharrte.

»Ihr müsst Hunger haben! Sarah, hol etwas von dem Braten für unseren Gast und Bier für uns beide!«

Er nahm die Karte behutsam aus der Mappe, faltete sie auf und legte sie auf den klobigen Esstisch. Mit leuchtenden Augen betrachtete er seine Heimat oder vielmehr deren Abbild, kunstvoll verziert mit Zeichnungen von blasenden Walfischen und Meeresgöttern samt Dreizack und Fischernetz. Ray ließ seinen Zeigefinger fast zärtlich die Küstenlinien entlanggleiten und verharrte am Sandy

Point. Ein Schatten fiel über sein Gesicht, und ich wusste sofort, was ihm durch den Kopf ging.

»An dieser Stelle strandete die *Princess Augusta*. Ihr erinnert Euch?«, sagte ich leise. Ray blieb mir einstweilen die Antwort schuldig. Stattdessen wanderte sein Finger weiter von der Sandbank vor Sandy Point, der Spitze der Träne, an der Westküste entlang ein Stück weit nach unten.

»Und hier ist sie schließlich verbrannt und gesunken!« Seine Stimme klang mürrisch. Vermutlich dachte er an all das Holz, das für die Inselbewohner so kostbar war und vom Feuer und vom unersättlichen Meer verschlungen wurde. »Ihr seid doch damals hinausgerudert und habt es miterlebt. Manch einer hat Euch die Schuld an dem Unglück gegeben, zumal Ihr es nicht für nötig erachtet habt, mit mir oder irgendjemandem darüber zu sprechen. Ihr habt die Insel so schnell verlassen, dass ich eigentlich nicht damit gerechnet habe, Euch jemals wiederzusehen!«

Es hatte keinen Sinn, mich zu rechtfertigen. Ich hatte damals viele Fehler gemacht, und einer davon war, mir Mr. Rays Wohlwollen zu verscherzen, indem ich mich in Schweigen gehüllt hatte und übereilt abgereist war. Doch etwas in mir sträubte sich immer noch heftig dagegen, offen zu reden und diesem Mann alles anzuvertrauen.

»Es tut mir leid«, sagte ich zögernd. »Ich wünschte, ich könnte Euch mehr erzählen, aber ich muss mir selbst erst über einiges klar werden. Deshalb bin ich hier, nicht nur wegen der Karte. Ich habe gehört, dass einige Überlebende des Schiffbruchs auf der Insel geblieben sind und möchte … muss mit ihnen sprechen. Unbedingt!«

Mr. Ray sah mich durchdringend an. Ich begegnete seinem Blick, der zunächst verärgert und geringschätzig wirkte, dann aber einen gelasseneren Ausdruck annahm.

»Ja, zwei Frauen von der *Princess* sind auf der Insel geblieben. Eine hat geheiratet … Die andere lebt derzeit als Dienstmagd bei meinem Nachbarn Sands. Beide heißen Katrina, aber wir nennen sie Long Kate und Little Kate. Long Kate wohnt mit ihrem Mann in einer der Sklavenhütten oben in Corn Neck. Sie prahlt gern mit ihren übernatürlichen Gaben und behauptet, im Traum ihre alte Heimat besuchen zu können. Einfältige Leute geben ihr Geld, damit sie ihnen die Karten legt, aber das ist nichts als fauler Zauber. Little Kate hingegen ist gottesfürchtig und achtet die Gebote. An sie solltet Ihr Euch wenden, wenn Ihr die Wahrheit wissen wollt! Die andere Frau wird Euch schamlos belügen und Euch listig den Kopf verdrehen, bis Ihr nicht mehr wisst, wo oben und unten ist, und Himmel und Hölle verwechselt.«

Für mich klang das ungewollt verheißungsvoll, denn ich bevorzugte seit jeher die unorthodoxe Perspektive, während mich ein Beiwort wie »gottesfürchtig« eher abschreckte. Mein Onkel hatte mir von den Hexenprozessen erzählt, die er als junger Mann in Salem miterlebt hatte, so dass mich jede Form von religiösem Eifer zuvörderst an die altersmürben Fratzen der Richter, an ihre Heuchelei, an Folter und Mord denken ließ. Dennoch beschloss ich, als Erstes die fromme Little Kate aufzusuchen. Es wäre leichtsinnig gewesen, eine Wahrsagerin aufzusuchen, ohne zuvor so viele Informationen wie möglich einzuholen.

7

Mr. Ray hatte mir angeboten, in der Scheune zu übernachten. Wahrscheinlich wollte er verhindern, dass ich es mir allzu bequem machte und mich ebenso lange bei ihm einnistete wie bei meinem ersten Besuch. Ich verstand den Wink und gab mich mit der schlichten, aber angemessenen Unterkunft zufrieden. Nach allem, was geschehen war, hätte er mich ebenso gut von seinem Hof verjagen können wie einen streunenden Hund, und ich hätte es ihm nicht einmal übel genommen. An Schlaf war sowieso nicht zu denken, denn meine Gedanken kreisten immerzu um die blinden Flecken in meiner Erinnerung, und die Unmöglichkeit, sie einfach hinzunehmen. Mondlicht drang durch die Ritzen des grob zusammengehämmerten Schuppens, so dass es hell genug war, eine Spinne beim Knüpfen ihres Netzes zu beobachten. Ich beneidete sie um die geometrische Ordnung und Zweckmäßigkeit ihrer kleinen Welt, in der es keinen Raum gab für Zweifel oder Fragen, Vergangenheit oder Zukunft.

Am nächsten Morgen begleitete mich Mr. Ray zu dem Massengrab, in dem einige der Toten von der *Princess Augusta* ihre letzte Ruhe gefunden hatten. Nicht alle, wie ich immerhin wusste. Längst nicht alle, wie ich noch erfahren würde. Der Anblick der schmucklosen Grabstätte, die nur ein paar Schritte südlich von Rays Anwesen lag, rührte mich nicht. Ich konnte diesen kahlen Fleck mit der schlichten Holztafel nicht mit all den Leben und Träumen in Verbindung bringen, die an der Küste von Block Island ein jähes Ende gefunden hatten. Abermals empfand ich eine Leere, die man nur mit Schweigen füllen konnte. Jedes Wort hätte banal oder erbärmlich geklungen.

Mit einem Nicken verabschiedete ich mich von dem alten Patriarchen und ging geradewegs nach Osten, am Fresh Pond vorbei zum Hof von Edward Sands. Er zählte wie sein Nachbar Ray zu den ersten Siedlern. Während meines längeren Aufenthalts auf der Insel hatte ich ihn nur flüchtig kennengelernt, so dass ich nicht einschätzen konnte, ob ich bei ihm willkommen sein würde.

Der zottige Hofhund bellte wütend, als ich mich dem Haus näherte. Es war ganz aus Holz gebaut, im schlichten Stil der amerikanischen Pioniere, die stets nach Augenmaß und nie nach Plan arbeiteten. Solange es Sturm und Regen standhielt, konnte man zufrieden sein. Ein hagerer Mann in einem ausgeblichenen roten Flanellhemd kam mir entgegen und musterte mich mit scheelem Blick. Er schien mich wiederzuerkennen, zumindest las ich nicht die geringste Spur von Neugier in seinen hellgrauen Augen.

»Guten Morgen, Mr. Sands. Arbeitet eine Frau namens Little Kate bei Euch?«, fragte ich ohne Umschweife.

»Lil' Kate? Was wollt Ihr von dem Mädchen? Sie steht unter meinem Schutz!« Er stand breitbeinig mit verschränkten Armen da. Die Haltung hätte bei einem jüngeren Mann bedrohlich gewirkt, doch bei Edward Sands wirkte sie grotesk. Sein Hemd hing lose um seinen ausgezehrten Oberkörper und sein fahles Gesicht sah aus wie rissiges Pergament.

»Ich will ihr gewiss nichts Böses. Sie war doch an Bord der *Princess Augusta*, nicht wahr? Ich interessiere mich für ihre Erlebnisse und möchte ihr lediglich ein paar Fragen stellen.«

Sands lachte heiser. »Seid Ihr nicht dieser Feldmesser, der damals mit den Schwarzen und Mad Dodge rausgerudert ist? Ihr müsstet doch eigentlich am besten wissen, was auf dem Schiff geschah und wer es abgefackelt hat! Lil' Kate weiß bestimmt nichts, was Ihr nicht wisst.«

»Vielleicht kann sie mir sagen, ob die *Princess* tatsächlich wieder aufgetaucht ist. Ob mehr dahintersteckt als bloße Gerüchte.«

»Wer hat das denn behauptet? Wie kann ein zu Asche verbranntes Wrack wieder auftauchen? Das sind doch gottlose Lügen. Die Zeitungen vom Festland sind voll von solchen Ammenmärchen.« Er spuckte verächtlich auf den Boden.

»Ihr habt also das brennende Schiff nicht gesehen, das hier vor der Küste angeblich auftaucht und verschwindet wie ein Irrlicht im Moor?«

Sein Blick richtete sich nachdenklich in die Ferne. »Jeder hier hat schon einmal seltsame Lichter über dem Meer gesehen. Da ist nichts dabei. Manchmal spiegelt sich der Mond auf den Wellen, manchmal ist's nur die Hecklaterne einer Fregatte. Jemand hat mir mal erklärt, dass es am Meeresgrund kleine Vulkane gibt, die hin und wieder Feuer spucken … oder leicht entzündliche Gase, wie bei unseren Pechtümpeln.«

Die Antwort verblüffte mich, denn ich hatte mir nie die Mühe gemacht, nach natürlichen Erklärungen für die unheimliche Erscheinung zu suchen. Das sogenannte Geisterschiff hatte in mir etwas wachgerüttelt, das sich der Vernunft entzog und tiefere Schichten meiner Seele berührte. Ich hatte mich nach Zeichen und Wundern gesehnt und unwillkürlich alles ausgeblendet, was diese Sehnsucht nicht befriedigen konnte. Edward Sands sah die Enttäuschung in meinem Gesicht und lachte gutmütig. »Da hab ich Euch wohl den Wind aus den Segeln genommen?«

»Ja … Nein … Keineswegs.« Nach kurzem Überlegen kam ich zu dem Schluss, dass ein natürliches Phänomen nicht weniger wünschenswert wäre als ein übernatürliches. Ich war schließlich nicht nach Block Island zurückgekehrt, um Gespenstergeschichten zu lauschen. Mir ging es darum, die Wogen zu glätten, meine Dämonen auszutreiben und einen Schlussstrich zu ziehen. Erinnerungen können zäh und klebrig sein, wie das Pech aus den hiesigen Tümpeln, aber meine waren auch ebenso dunkel und verhinderten jeden Versuch, den Grund auszuloten.

»Ich habe die Segel noch gar nicht gesetzt«, sagte ich maliziös, um Sands etwas zum Nachdenken zu geben. »Dennoch würde ich gern mit Little Kate sprechen. Wenn's keine Umstände macht. Eigentlich bin ich auf dem Weg nach Corn Neck, um Long Kate zu besuchen.«

»Ihr wollt Euch die Karten legen lassen? Ihr glaubt an diesen heidnischen Unsinn? Lil' Kate würde Euch zum Teufel schicken, wenn sie davon erführe. Ein frommes Mädchen, das ist sie, und sie hat einen gottgefälligen Hass auf die deutsche Hexe und ihre Mulattenbrut.«

Ich hatte in meiner Unschuld immer geglaubt, Hass könne nur dem Teufel gefällig sein, wollte aber nicht weiter darauf eingehen. Der Fingerzeig, dass Little Kate und Long Kate einander feindselig gegenüberstanden, interessierte mich hingegen sehr. Ihre ähnlichen Namen ließen ja eher an trauliche Zwillingsschwestern denken. »Ein frommes Mädchen würde jemandem, der nach Wahrheit und Gewissheit sucht, doch gewiss nicht die Hilfe verweigern?«

»Und wenn doch, geht es mich nichts an«, murrte Sands. »Um diese Zeit ist sie wohl unten am Strand und sammelt Seetang mit den anderen Weibern. Geht meinethalben zu ihr, aber haltet sie nicht von ihrer Arbeit ab. Für die verlorene Zeit müsst Ihr mich freilich entschädigen, so oder so.«

Ich warf ihm eine Münze zu, die er geschickt auffing und unbesehen in die Hosentasche steckte. Dieser kleine Gott der Kolonien wurde offensichtlich auch auf Block Island verehrt.

8

Man konnte die Frauen in ihren dunkelgrauen Wollkitteln und schwarzen oder weißen Hauben schon von weitem erkennen. Ein halbes Dutzend von ihnen stapfte schwatzend und lachend den Sandstrand entlang. Sie nutzten die Ebbe und warfen angeschwemmten Tang in einen großen Weidenkorb, den eine von ihnen, dem Anschein nach die Jüngste, hinter sich herzog. Keine von ihnen schien es sonderlich eilig zu haben. Immer wieder blieb eine stehen, stemmte die Hände ins Kreuz und schaute müßig aufs Meer hinaus. Entdeckte eine von ihnen eine besonders schöne Muschel oder anderes Strandgut, eilten die anderen hinzu, um einen Blick darauf zu werfen und kundige Kommentare abzugeben. So heiter und unbeschwert erschienen sie mir, dass ich zögerte, näher zu kommen und die seltene Gelegenheit zu stören, bei der die Mägde unbeaufsichtigt und unter sich sein konnten. Doch sie hatten mich längst bemerkt und schauten hin und wieder neugierig in meine Richtung, ohne ihr Verhalten ansonsten merklich zu ändern.

Ich verließ meinen Aussichtspunkt auf der Uferböschung, wo das Riedgras sich leicht in einer schwachen Brise neigte, und lief hinunter, um zunächst die junge Frau mit dem Korb anzusprechen. »Mr. Sands meinte, ich würde hier eine Magd namens Little Kate treffen. Eine Frau, die den Schiffbruch der *Princess Augusta* miterlebt hat.«

»Was wollt Ihr?«, erwiderte sie zögernd, ohne mir in die Augen zu sehen. Die anderen Frauen unterbrachen ihre Arbeit. »Kennst du den Fremden, Kate?«, rief eine. »Brauchst du Hilfe, Kate?«, rief eine andere, doch die Magd winkte ab. »Schon gut.«

»Könnt Ihr mir etwas über Eure Erlebnisse erzählen? Etwas Ungewöhnliches? Über das Schiff, die Besatzung, die Überfahrt?«

Sie wich hartnäckig meinem Blick aus. Ihre großen hellgrauen Augen blinzelten hektisch, dabei wirkte die junge Frau weder ängstlich noch schuldbewusst. Vielleicht war es ein grundsätzliches Misstrauen oder ein Unbehagen, in Hörweite ihrer Freundinnen frei zu sprechen. »Gehen wir ein Stück«, schlug ich vor, und sie folgte gehorsam, aber spürbar unwillig. Ihre Stupsnase und ihr kleiner Mund ließen ihr Gesicht fast kindlich erscheinen, doch um die Mundwinkel gab es eine Spannung, die unfreundlich, wenn nicht sogar abweisend wirkte. »Ich rede ungern darüber«, sagte sie schließlich leise.

»Über den Schiffbruch?«

Sie zuckte mit den Achseln. »Was gibt es schon zu sagen? Wir sind ja alle in der Hand des Herrn. Ich hab mich damit abgefunden.«

»Habt Ihr Freunde verloren? Familie?«

»Nichts als ein Kleid zum Wechseln und ein paar Sachen von daheim. Meinen Glauben jedenfalls nicht.« Ihre Stimme klang trotzig und ihre Hand umklammerte das kleine Kruzifix um ihren Hals. Auffällig fest, so schien mir.

»Ihr müsst Euch für nichts rechtfertigen, und alles bleibt unter uns. Ich suche nicht nach Schuldigen, sondern möchte lediglich verstehen, was sich damals zugetragen hat. Erinnert Ihr Euch an mich? Ich bin an Bord gekommen, als das Schiff das erste Mal auf Grund lief.«

»Nein, ich weiß nicht recht«, sagte sie, ohne mich anzusehen. »Die Hand des Herrn hat mich aus den Fluten gerettet. Niemand sonst wollte helfen. Jeder war sich selbst der Nächste, und die Matrosen hatten sich längst aus dem Staub gemacht.«

Ich nickte. Wir hatten damals keinen einzigen Seemann auf dem Schiff angetroffen. Die Besatzung hatte es aufgegeben und die Passagiere ihrem Schicksal überlassen. »Es heißt, an Bord hätten sich schlimme Dinge ereignet. Schon während der Überfahrt?«

»Das Schiff war des Teufels. Eine einzige verdorbene Seele hat uns alle ins Unglück gestürzt. So viele von uns sind gestorben, so viele rechtschaffene Christen, Männer, Frauen, Kinder. Sie starben an Krankheit und Hunger, sie sprangen ins Meer, in einem Anfall von Wahnsinn oder in der Absicht, ihrem Leiden ein Ende zu machen. Wir haben zum Herrgott gebetet, er möge die Hexe für ihre Sünden bestrafen. Wir wollten sie züchtigen in Seinem Namen. Doch die freche Metze hat uns ins Gesicht gelacht. Sie war die Geringste unter denen, die gerettet wurden, und sie hat ihren Retter geheiratet. Jetzt überzieht sie die Insel mit ihrem schwarzen Hexenwerk und ihren lästerlichen Lügen.«

Mr. Ray und Mr. Sands hatten mir bereits von dieser Frau erzählt, die in einer der alten Sklavenhütten lebte. »Ihr meint wohl Long Kate?«

Ihr Kindergesicht verzog sich zu einer hässlichen Fratze, als sie auf den Boden spuckte. »Die Schlange! Zertreten muss man sie! Die Zauberinnen darf man nicht am Leben lassen, so steht's in der Heiligen Schrift!« Sie stampfte mit dem Fuß auf. Dann entspannte sich ihre Miene, als wäre ihr eine noch bessere Lösung für das Schlangenproblem eingefallen. »Ihr seid doch ein Gebildeter, nicht wahr? Ein Gelehrter vom Festland? Hat man die Hexen und Gotteslästerer dort nicht vor den Richter gezerrt und beseitigt? Gott und Gesetz sind doch gewiss auf unserer Seite!«

»Ja, man hat Frauen an den Galgen gebracht«, antwortete ich ausweichend.

»Da seht Ihr's. So ist's richtig. Mit Hexen kann man nicht anders umspringen. Aber wir waren zu schwach, zu zimperlich, um sie an der Rahnock aufzuhängen, wie sie's verdient hätte.«

Es war merkwürdig, ein so unbarmherziges Urteil aus dem Mund einer kleinen, recht harmlos wirkenden Magd zu hören. Sie hatte sich offenbar einen Panzer aus Hass und Verachtung zugelegt, den man nur schwer durchdringen konnte.

»Jene Frauen wurden nicht hingerichtet, weil sie Hexen waren, sondern weil jemand dringend Hälse für seine Galgen brauchte.«

»Wer sagt das? Wollt Ihr Satans Gespielinnen auch noch verteidigen? Wenn sie unschuldig waren, warum wurden sie dann schuldig gesprochen – von gelehrten Herren wie Euch?«

Das Gespräch hatte eine Richtung eingeschlagen, die mir nicht gefiel und die sich von allem entfernte, was mich eigentlich interessierte. Steckte eine Absicht dahinter oder war Little Kate wirklich so sehr in ihrem Aberglauben gefangen? Ich versuchte, auf ihre Weltanschauung einzugehen.

»Heißt es nicht, dass Satan in vielerlei Gestalt auftreten kann? Ich habe gehört, dass er auf dieser Insel zuweilen als Holzfäller in Erscheinung tritt. So mag er wohl gelegentlich auch die Robe eines Richters oder den Talar eines Geistlichen tragen.«

»Oder er kommt als Fremder, als höflicher Gelehrter, der mit klugen Worten Verwirrung stiftet und dem Bösen den Weg bereitet!«

Die Schlagfertigkeit dieser jungen Magd war bewundernswert, aber ich wollte meinen Versuch nicht aufgeben, heilsame Samenkörnchen des Zweifels in ihren offenbar scharfen Verstand zu pflanzen. »Auch das ist möglich«, räumte ich ein. »Haben wir nicht alle manchmal den Teufel im Leib? Diese Hexenjäger in Salem hatten zweifellos Gutes im Sinn, als sie den Besitz ihrer Opfer konfiszierten. Gutes für ihre Geldbörsen. George Corwin, der Sheriff des Countys, war besonders begabt darin, die reichsten Bürger herauszupicken, sie der Hexerei zu bezichtigen und sich ihr Hab und Gut unter den Nagel zu reißen.«

»Ja, ist es denn nicht recht und billig, wenn die Übeltäter bestraft und die Wohltäter belohnt werden?«

»Schon, aber in diesem Fall profitierten die angeblichen Wohltäter so sehr von der Verurteilung angeblicher Übeltäter, dass sie bald auf die Idee kamen, aus den Hexenprozessen ein einträgliches Geschäft zu machen.«

Little Kate runzelte die Stirn. »Ich weiß nichts von solchen Geschäften, aber ich weiß, dass wir gegen das Übel der Hexerei vorgehen müssen. Denn sonst wiederholt sich auf dieser Insel das, was wir auf dem Schiff erleben mussten. Die Hölle auf Erden. Und ich sage das nicht, weil Long Kate eine wohlhabende Dame wäre, die ich um ihre weltlichen Güter beneide! Sie besitzt nichts. Sie lebt als Frau eines Sklaven in einer Sklavenhütte, und ihre Kinder werden ebenfalls Sklaven sein und sind das Eigentum von Mr. Littlefield. Wäre es nicht barmherzig, einem elenden Leben wie dem ihren ein Ende zu bereiten?«

»Hat sie denn nicht aus freien Stücken geheiratet?«

»Nein, nein. Wer würde sich derart erniedrigen? Sie hat nur die Befehle ihres bockfüßigen Meisters erfüllt. Um das heilige Sakrament der Ehe zu verhöhnen und den Antichrist in die Welt zu setzen!«

»So ist das also«, sagte ich kopfschüttelnd und mit einem ironischen Unterton. Ihrer unerschütterlichen Haltung hatte ich nichts mehr entgegenzusetzen. Sie begriff sofort, dass ich sie nicht sonderlich ernst nahm, und wandte sich abrupt ab, um das Gespräch zu beenden.

»Ja, lacht nur über mich, feiner Herr! Geht hinüber zu

Long Kate und suhlt Euch in ihren Lügen, wenn Ihr die Wahrheit so lächerlich findet. Aber sagt ihr, dass ich nichts vergessen habe. Sie muss büßen. Bei Gott, man darf diese Schlampe nicht leben lassen!«

9

Ich versuchte mehrmals, Little Kate ein paar Worte über die Ereignisse an Bord der *Princess Augusta* zu entlocken, doch sie reagierte stets mit einem trotzigen Kopfschütteln. Offenbar wollte sie nicht darüber sprechen. Ihre abweisende Haltung schien darauf hinzudeuten, dass sie etwas zu verbergen hatte. Aber vielleicht war die Erinnerung an die Überfahrt und den Schiffbruch einfach zu frisch und zu schmerzhaft, um sie einem Fremden wie mir anzuvertrauen. Zumal ich bei ihr wohl keinen allzu guten Eindruck hinterlassen hatte, mit meinen aufdringlichen Fragen und meinem ironischen Schulterzucken angesichts ihres heiligen Zorns. Ich kam sonst meist ohne viele Worte gut zurecht, und die Fähigkeit, andere Menschen ins Gespräch zu verwickeln, sie zum Reden zu bringen, gehörte eindeutig nicht zu meinen auffälligsten Eigenschaften.

Ob ich von Long Kate mehr erfahren würde als von ihrer frommen Rivalin? Sie mochte ihr Gegenstück sein – redselig statt verstockt, offen statt argwöhnisch, gelassen statt verbissen. Aber falls sie nicht bereit war, ihr Wissen mit mir zu teilen, hätte ich mir die weite Reise sparen können. Allerdings waren da noch der Sklave New Port, Moses und Mad Dodge … Ich erinnerte mich überdeutlich an ihre Gesichter, an das Entsetzen in den Augen der beiden Schwarzen und an das unheimlich selbstsichere Lächeln des jungen Außenseiters, als wir die schreienden Gestalten an der Reling sahen. Doch Mad Dodge konnte ich nicht mehr befragen. Er war mit dem brennenden

Wrack untergegangen, zweifellos. Es konnte nicht anders sein, auch wenn meine Erinnerung an diesem Punkt zu verschwimmen begann, aber was war eigentlich mit diesem Moses geschehen? Ich war mir nicht sicher, spürte jedoch die Nähe eines kalten Schattens, der sich über die letzten Spuren der Vergangenheit legte.

Nachdem ich Little Kate eine Münze in die Hand gedrückt hatte, machte ich mich auf den Weg nach Corn Neck. Ich ging zurück zum Hafen und folgte dann eine gute Stunde der Ostküste, an frisch gepflügten Feldern entlang, von denen zarte Dunstschwaden aufstiegen, aber immer in Sichtweite des hellgrau schimmernden Ozeans, bis ich am späten Vormittag die alten Sklavenhütten erreichte.

Diese Hütten waren ärmliche Behausungen aus Lehm mit Dächern aus Stroh. Sie standen auf einer unwirtlichen Anhöhe, wo Wind und Wetter allmählich den ehemals weißen Verputz abtrugen. Die meisten Hütten standen leer, aber nicht weil die frommen Siedler sich an die Gesetze des Festlands hielten und der Sklaverei abgeschworen hätten. Nein, die wenigen Familien, die noch Sklaven besaßen, brachten sie in Rufweite auf ihren Höfen unter, während die Hütten von Corn Neck lediglich zur Erntezeit als Unterkünfte dienten. Eine Ausnahme bildeten versklavte Ehepaare mit Kindern, deren Häuschen meist durch einen kleinen, gepflegten Gemüsegarten gekennzeichnet war.

Schon von weitem konnte ich einen Mann sehen, der in einem dieser Gärten Unkraut jätete. Beim Näherkommen erkannte ich ihn wieder – es war New Port, der mich vor vielen Monaten bei meinen Vermessungsarbeiten begleitet hatte. Als er mich bemerkte, richtete er sich auf und wartete mit verschränkten Armen. Er schien etwas auszustrahlen, das ich für Stolz oder Selbstsicherheit hielt, aber vielleicht wirkte er nur deshalb so überlegen, weil ich mich plötzlich ebenso schwach und nutzlos fühlte wie damals auf dem Schiff, als ich die Hoffnung aufgegeben hatte, lebend aus der Sache herauszukommen. Der Sklave sah mich mit unbewegter Miene schweigend an. Falls er mich wiedererkannte, ließ er sich nichts anmerken. Es fiel mir schwer, ihn anzusprechen, denn ich meinte, in seinem festen Blick ein gewisses Maß an Verachtung zu lesen.

»Ich suche … ich suche eine Frau namens Long Kate«, sagte ich schließlich zögernd.

»Sie hat Euch bereits erwartet, Mr. van Roon. Sie hat schon lange gewusst, dass Ihr kommt. Die Karten haben's uns verraten. Die Karten lügen nicht, aber Ihr kommt zu früh.« New Ports tiefe, melodische Stimme klang vertraut wie die eines alten Beichtvaters, der all meine Geheimnisse kannte, aber nicht vorwurfsvoll. Die stille Verachtung in seinem Blick hatte ich mir wohl nur eingebildet.

»Die Karten? Zu früh?« Ich war unsicher, was ich davon halten sollte.

»Ihr werdet schon sehen. Wartet noch ein Weilchen. Setzt Euch hier in die Sonne und raucht ein Pfeifchen oder zwei. Wir wollen doch Cradle nicht wecken.« Er deutete auf eine schmale Bank aus großen, flachen Steinen, die an der Hauswand aufgeschichtet waren. Ich folgte der Einladung, holte meinen Tabakbeutel heraus und begann meine Pfeife zu stopfen.

New Port setzte seine Arbeit schweigend fort, und ich dachte zurück an die Sturmnacht, als wir zu dem gestrandeten Wrack hinausgerudert waren. Wir hatten das krängende Schiff in wenigen Minuten erreicht und den Menschen, die sich schreiend an der Reling drängten, die Fangleine zugeworfen. In ihren Gesichtern spiegelte sich Todesangst, und unser Ruderboot bedeutete für sie Leben. Doch im Boot gab es bestenfalls Platz für ein Dutzend Menschen, während an Bord des Schiffes unzählige auf Rettung zu hoffen schienen. Sie begannen in Scharen über die Reling zu klettern. Einige fielen ins Wasser, andere wurden gestoßen, und es war nur eine Frage der Zeit, bis sie in ihrer Panik das Ruderboot zum Kentern bringen würden.

New Port arbeitete jetzt friedlich in seinem Gärtchen, aber ich sah ihn immer noch vor mir, wie er sich in dem heftig schaukelnden Boot zur vollen Größe aufrichtete und drohte, die Fangleine zu kappen, falls jemand versuchen sollte, gegen seinen Willen an Bord zu kommen. Seine donnernde Stimme übertönte den Sturm wie auch die Schreie der Schiffbrüchigen, und das lange Messer, das er an die Leine hielt, zog alle Blicke auf sich, als wäre es das glänzende Werkzeug eines Scharfrichters. Ich starrte ebenso darauf wie alle anderen.

»Wie viele Passagiere sind damals gestorben?«, überlegte ich laut. Wegen des hohen Seegangs war es uns zunächst nicht möglich gewesen, wenigstens einige wenige Frauen und Kinder sicher mit dem Boot ans Ufer zu bringen. Wir mussten uns etwas anderes einfallen lassen. New Port unterbrach seine Arbeit und sah mich mitleidig an: »Ihr hängt an der Vergangenheit wie an 'nem alten, zerschlissenen, schmutzigen Hemd. Werft es endlich weg, Mann, und begrüßt den Tag, jeden Tag, in einem neuen Gewand.«

»Kann es denn so einfach sein?«

»Einfach ist es nie, aber Geschehenes kann man nicht ungeschehen machen.«

Ich starrte auf das lange Messer an seinem breiten Stoffgürtel. »Richtig, doch Schulden wollen beglichen sein und Schuld muss gesühnt werden.«

»Seid Ihr deshalb zurückgekommen? Steh' ich etwa in Eurer Schuld? Oder Kate?« Er verschränkte abwehrend die Arme vor der Brust. Ich schüttelte den Kopf. Meine

Worte hatte ich sehr unbedacht gewählt, das war mir klar, und ich hatte kein Recht, seinen Frieden mit meinen haltlosen Gedanken zu stören.

»Vielleicht ist es wirklich so – die Vergangenheit ist ein zerschlissenes Hemd. Ich würde es wirklich gern wegwerfen, entdecke aber immer wieder neue Blutflecken darauf, deren Ursprung ich nicht kenne. Habe ich Schuld auf mich geladen? Das muss ich wissen. Für andere mag es ohne Belang sein, für mich ist es wichtig.«

New Port musterte mich nachdenklich. »So sehr plagt Euch die Erinnerung? Ich kann Euch keine Vorwürfe machen. Ihr wart bereit zu helfen, als Hilfe benötigt wurde. Mehr kann man nicht verlangen. Die anderen gafften bloß und ergötzten sich an dem Spektakel.«

»Mich plagt weniger die Erinnerung als die Lücken darin. Es ist für mich wie ein schlechter Traum, der sich ständig wiederholt, aber die entscheidenden Momente überspringt. Nun habe ich die Gerüchte über ein brennendes Schiff gehört, das hier vor der Küste auftaucht und verschwindet wie ein mahnendes Zeichen, ein Menetekel, und mir schien, es sei nur deshalb gekommen, um die Lücken zu füllen.«

New Port lachte, doch es klang eher gezwungen als heiter. »Das brennende Schiff, von dem Ihr gehört habt, wurde schon oft vor der Küste gesichtet. Es taucht meist zur Sonnenwende auf und das schon seit vielen Jahren – lange bevor die *Princess Augusta* in Flammen aufging. Ich hab's nie gesehen, aber mein Bruder Moses, und er hat's als grell flackerndes Licht über den Wellen beschrieben, das bald wieder erlosch, grad so, als hätt' ein dunkler Diener des Herrn 'ne Kerze ausgeblasen. Seine Worte, nicht meine.«

»Wo finde ich eigentlich Euren Bruder? Könnte ich mit ihm sprechen?« Ungeachtet dessen, was New Port behauptet hatte, klammerte ich mich weiterhin an die

Vorstellung, dass dieses geheimnisvolle Licht etwas mit den Ereignissen von 1738 zu tun hatte.

»Nein«, sagte New Port und wandte den Blick ab. »Er ist tot.« Eine Zeitlang sah er schweigend aufs Meer hinaus, dann fügte er fast unhörbar leise hinzu: »Sie würden seine Seele in Ketten legen, wenn sie könnten, und einem Engel die Flügel abschneiden.«

10

Ich versuchte vergeblich, mich an Moses' Gesicht zu erinnern. Ja, wir waren zu viert hinausgerudert, doch was wirklich geschah, nachdem wir an Bord des gestrandeten Wracks gelangten, blieb für mich weitgehend im Dunkeln. Mein Gedächtnis klammerte sich an unscharfe Einzelbilder. »Wir haben versucht, das Wrack freizubekommen, um es an einer günstigeren Stelle näher an die Küste zu bringen«, sagte ich nachdenklich. »Es war bei Ebbe auf Grund gelaufen, also gab es noch die Möglichkeit, dass es mit der rasch steigenden Flut freikam. So muss es dann auch geschehen sein, auch wenn ich beim besten Willen nicht mehr weiß, wie.«

»Moses hat sich mit Schiffen ausgekannt«, erwiderte New Port bedächtig, als wollte er mir auf die Sprünge helfen. »Er ist als junger Kerl zur See gefahren und wusste, was zu tun war. Die Crew hatte sich mit dem Beiboot aus dem Staub gemacht, aber Moses fand unter den Passagieren ein paar Leute, die bereit waren, beim Setzen der Sturmsegel zu helfen, auch wenn sie sich kaum auf den Beinen halten konnten. Die Segel waren notwendig, um das Schiff zu manövrieren.«

»Davon weiß ich nichts.«

»Der Plan hätt' auch funktionieren können – ja, wirklich. Doch eine Sturzwelle hat das Wrack viel zu früh von der Sandbank gerissen. Es gab 'nen mächtigen Ruck, dann trieben wir hilflos auf dem Meer.«

»Eine Sturzwelle also«, wiederholte ich unsicher. Die Angaben des Sklaven waren zweifellos korrekt, doch fiel es mir ungeheuer schwer, meine eigene Erinnerung damit in Einklang zu bringen. Wenn ich zurückblickte, sah ich nur Dunkelheit und hörte lediglich ein rhythmisches Tosen, wie von schweren Brechern, die gegen nächtliche Klippen schlagen. Auf die Dunkelheit folgte ein allzu grelles Licht, ein Flackern, eine sengende Hitze, die mir Angst einjagte – war es doch eben noch bitterkalt gewesen. Ein schemenhafter Fremder beugte sich über mich, als wollte er prüfen, ob ich noch unter den Lebenden weilte. Allerdings schien er weder Mitleid noch Neugier zu empfinden, denn seine Gesichtszüge waren so starr und bleich wie die einer Marmorstatue. Er sagte etwas zu mir, das ich nicht verstand.

»Ich muss wohl gestürzt sein, als die Welle das Schiff erfasste, und bin ohnmächtig geworden. Als ich die Augen aufschlug, brannte es bereits lichterloh. Dann war da dieser Mann, der mir wohl helfen wollte. Rabenschwarzes Haar hatte er.«

New Port schüttelte den Kopf. »So schwarz wie Eures? Da waren viele Männer, blonde wie schwarzhaarige, ausgemergelt und bleich wie die Mehlwürmer, und viele Frauen, aber nur wenige Kinder. Das Feuer brach erst später aus, während das Wrack an der Westküste der Insel nach Süden abtrieb.«

»Wo war eigentlich Mark Dodge, der verrückte Kerl mit dem roten Schopf?«

»Ich hab' ihn aus den Augen verloren. An Bord herrschte Panik, und wir konnten die Leute nur im Zaum halten, weil sie von der ewig langen Fahrt ganz schwach auf den Beinen waren. Als wir weiter nach Süden abdrifteten, brachte uns die Strömung wieder näher ans Ufer und in den Windschatten der Westküste. Dort war der Seegang nicht so heftig wie vor Sandy Point, und wir hielten es für möglich, die Passagiere nacheinander ans Ufer zu bringen. Ich befahl ihnen, Gruppen zu bilden. Die Frauen und

Kinder sollten als Erste drankommen. Es waren wohl so an die hundert Überlebende, um die wir uns kümmerten, aber ich hab' nicht nachgesehen, ob unter Deck noch jemand Hilfe brauchte. Ich dachte wohl, dass Ihr und Dodge das erledigen würdet, denn ich merkte, dass ihr beide verschwunden wart.«

»Womöglich hat Dodge mich in die Kajüte gezerrt, nachdem ich das Bewusstsein verloren hatte.«

New Port zuckte die Achseln. »Ich hab' nicht so sehr drauf geachtet, denn jemand schrie und deutete auf den Küstenstreifen. Da leuchteten Fackeln am Strand, und man konnte trotz des anhaltenden Schneegestöbers erkennen, wie zwei oder drei Ruderboote in die Brandung geschoben wurden. ›Sie kommen, uns zu retten‹, sagte ich, doch Moses meinte: ›Nein, sie kommen, um zu plündern – es sind die *Wrecker*!‹«

So nannte man die Leute, die gestrandete Schiffe ausschlachteten und alles Brauchbare, Holz, Metall, Ausrüstung, bargen und verkauften. Menschenleben interessierten sie nur, wenn sie auf eine Belohnung oder ein Lösegeld hoffen konnten. Bei den Einwanderern, die in Scharen über den großen Teich kamen, gab es in der Regel kaum etwas zu holen, abgesehen von Blechtassen und groben Wolldecken. Das Schiff selbst bot jedoch zweifellos eine Menge wertvollen Materials, das verloren gehen würde, wenn es auf den Meeresgrund sank. Dass die Wrecker es so eilig hatten, mochte vielerlei bedeuten. Sie befürchteten vielleicht, die *Princess* könnte wieder aufs Meer hinaustreiben, oder es gab deutliche Anzeichen, dass sie binnen weniger Stunden auseinanderbrechen und sinken würde.

»Es war ja nicht das erste Mal, dass so ein Pott bei uns strandete, also wussten wir Bescheid, auf was das alles hinauslaufen könnte«, meinte New Port. »Bei den Hungerleidern aus der Alten Welt gab's außer Filzläusen wenig zu holen – das behaupteten zumindest immer die hiesigen Fischer und Bauern. Deswegen bedeuteten die Boote nichts Gutes. Doch es hätt' kaum was gebracht, den Schiffbrüchigen davon zu erzählen, die nun etwas ruhiger wurden und auf baldige Rettung hofften. Ich beschloss also, die Situation auszunutzen, so gut es eben ging, und eine erste Gruppe an Land zu bringen. Bislang hatten wir uns mit Zeichen verständigt, aber jetzt brauchte ich jemanden, der wenigstens ein paar Brocken Englisch verstand, um die ersten zehn Frauen und Kinder in unser Ruderboot zu schicken, ohne dass die anderen sich vordrängten und ihnen ihren Platz streitig machten.«

»Mir ist vorhin aufgefallen, wie gut Little Kate die englische Sprache beherrscht, obwohl sie erst seit eineinhalb Jahren hier lebt.«

»Ja, als ich jemand gesucht hab', der den Deutschen meine Anweisungen übersetzen könnte, schoben sie diese kleine Frau mit dem Kindergesicht nach vorn. Das war Lil' Kate, wie ich später erfuhr. Doch mein Blick fiel auf eine, die etwas abseits stand und in dem Trubel außergewöhnlich ruhig und gefasst wirkte. Sie trug keine Haube wie die anderen Frauen, ihr langes glattes Haar wehte frei im Wind und ihr Gewand war nicht schwarz oder grau, wie das der frommen Leute, sondern rot mit einem ungewöhnlichen Stickmuster. Eigentlich war alles an ihr ungewöhnlich, und trotz des heulenden Wintersturms und der verzweifelten Lage konnte ich meinen Blick nicht von ihr lassen. Zwischen uns gab es eine Verbindung, als wär sie immer schon Teil meines Lebens gewesen. Ich kann's nicht erklären, aber ich spürte ohne den geringsten Zweifel, dass wir einander gehörten, und das Gefühl war so stark wie … nein, viel stärker als jeder Schmerz, den ich je erduldet, und jede Lust, die ich je genossen hab'.«

New Ports Augen glänzten, als er davon erzählte, und

er schüttelte langsam den Kopf, als könnte er es immer noch nicht gänzlich begreifen. »Ihr haltet mich wohl für verrückt«, sagte er, »und wahrscheinlich habt ihr damit Recht. Long Kate kann Euch besser erzählen, wie's schließlich dazu kam, dass wir heirateten. Aber mir hat all das Gerede von Vorsehung, Liebe und Gott nie was bedeutet. Ich und meinesgleichen, wir leben in einer Welt, in der Worte, Versprechungen, Schwüre und Eide keinerlei Wert haben – oder habt Ihr wohl je Eurem Packesel ein Versprechen gegeben? Aber Long Kate ... Ich weiß nicht. Sie selbst war das Versprechen, das niemand mir geben würde. Also nahm ich es mir.«

Er ballte gedankenverloren die Faust. »Wie soll ich das verstehen?«, fragte ich verwirrt. Für mich hörte es sich so an, als hätte er sie gewaltsam entführt.

»Ich hab getan, was meinesgleichen verboten ist – hab das Schicksal in die eigenen Hände genommen. Die Selbstsicherheit im Blick der seltsamen Frau gab mir Kraft. Ich wandte mich schließlich von ihr ab und bat Moses, im Frachtraum nachzusehen, ob es dort noch kranke oder hilflose Passagiere gab. Nachdem er fort war, befahl ich Lil' Kate, zehn Frauen und Kinder auszuwählen. Sie sollten als Erste an Land gebracht werden. Doch als ich merkte, dass Lil' Kate die Frau in dem roten Kittel absichtlich überging, obwohl sie direkt neben ihr stand, mischte ich mich ein. Anstatt auf ihre Entscheidungen zu warten, winkte ich die Rote zu mir und fragte sie, ob sie meine Worte verstand. Sie nickte so gelassen, als würden wir an einem Sommerabend auf einem Gartenteich herumpaddeln, wo uns doch der eisige Wintersturm um die Ohren peitschte und das Schiff rollte und stampfte, als wollte es jeden Moment auseinanderbrechen. ›Bring erst mal die Kinder ins Ruderboot‹, sagte ich. ›Wir dürfen keine Zeit verlieren, aber ich muss Moses suchen. Allein schaff ich's nicht.‹ Denn mein Bruder hätte längst zurückkehren müssen, und ich sah auch keine Spur von Mad Dodge und von Euch ...«

New Port wurde vom Schreien eines Babys unterbrochen. Seine Miene hellte sich auf. »Ah, die kleine Cradle ist aufgewacht. Long Kate kümmert sich um sie. Dann wird sie Euch die Karten legen.«

11

»Wollt Ihr nicht fortfahren mit Eurer Geschichte?«, drängte ich, da ich das Gefühl hatte, dass New Port etwas verheimlichte. Die Unterbrechung kam ihm wohl sehr gelegen, denn er schüttelte den Kopf, ohne mich anzusehen, und sagte nur: »Nein, nein. Die Karten!«

Ich schwieg, obwohl ich keineswegs die Absicht hatte, mir die Karten legen zu lassen. Derlei Hokuspokus konnte mir gestohlen bleiben, aber wenn dies der Preis für ein ausführliches Gespräch mit Long Kate sein sollte, konnte ich schwerlich ablehnen. Bald trat sie aus der ärmlichen Hütte, ein in eine Decke gewickeltes Baby auf dem Arm. Ich hatte gehofft, dass ihr Anblick Erinnerungen wecken würde, doch die Frau war mir vollkommen fremd, und sie trug auch nicht das rote Gewand, das New Port erwähnt hatte, sondern einen schlichten grauen Wollkittel, wie ihn auch die meisten Quäkerfrauen trugen. Ihr langes, in der Sonne glänzendes Haar war freilich unbedeckt, was im Haus von Mr. Ray als unbeschreibliche Sünde gegolten hätte.

Long Kate kam auf mich zu, mit ernster, aber freundlicher Miene. Sie war groß und schlank, mit hoher, glatter Stirn und wachsamen Augen. Im Unterschied zu der vogelartigen Unruhe ihrer Blicke strahlte jede ihrer Bewegungen unbefangene Gelassenheit aus. New Port nahm ihr vorsichtig das Baby ab, und es war erstaunlich, wie viel selbstvergessene Glückseligkeit dieser große, bullige Mann mit den unzähligen körperlichen wie seelischen Narben ausstrahlen konnte, während er sich zärtlich seiner kleinen Tochter widmete.

»Hallo, David, ich hab' dich erwartet«, sagte Kate frei heraus, als gehörte ich zur Familie. Sie lächelte geduldig, als sie meine Verwirrung wegen ihres vertraulichen Tonfalls bemerkte. Mir kam der Verdacht, dass sie mit dieser Reaktion gerechnet hatte. Falls sie wirklich eine Hellseherin war, wie man sie unweigerlich auf Jahrmärkten antrifft, bestand ein guter Teil ihrer Fähigkeiten wahrscheinlich darin, ihren Kunden den Kopf zu verdrehen, die Sinne zu verwirren und jede Art von logischem Denken schwach und nutzlos erscheinen zu lassen.

»Ihr müsst Long Kate sein«, sagte ich zugeknöpft wie ein Landpfarrer, der versehentlich an eine Bordelltür geklopft hat. »Ist das Euer richtiger Name? Ihr stammt doch aus Holland … oder Deutschland?« Ich konnte ihren Akzent nicht einordnen. Sie hatte ihr Englisch wohl bei Seeleuten und Sklaven gelernt, wählte ihre Worte aber, ohne zu zögern – ähnlich wie Little Kate.

»Easy, einer der Seeleute, rief mich immer Long Kate, weil wir eine zweite Katrina an Bord hatten. Am Ende nannten mich alle so, die Matrosen, die Passagiere, sogar die Leute aus meinem alten Heimatdorf in der Pfalz, die mich seit Kindertagen kennen. Long Kate … als wär' ich ein verwegener Pirat!« Sie lachte herzlich. »Aber jetzt komm rein und lass dir die Karten legen.«

»Eigentlich interessiert mich eher die Vergangenheit als die Zukunft.«

Sie wich meinem Blick aus und schaute erst hinaus aufs Meer, das unter einer blassen Sonne silbern glitzerte, dann auf Mann und Kind. »Die Karten dienen einem anderen Zweck. Du wirst schon sehen. Ob Vergangenheit oder Zukunft ist einerlei, wichtig ist nur das Muster. Es zu deuten, ist unsere Aufgabe, deine und meine. Die Anordnung der Karten ist selbst eine Karte, eine Landkarte der Seele oder eine Landkarte des Universums.«

»Aha«, sagte ich zweifelnd. Offenbar arbeitete sie immer noch daran, meinen Geist mit schwammigen Worten zu vernebeln.

»Diese Kunst ist alt, älter als die Zeit. Meine Mutter lehrte sie mich, und sie behauptete gern, Moses hätte sie aus dem legendären Ägypten der Magier mitgebracht. Für mich sind die Karten vor allem eine Hilfe. Ich lege sie so, wie man von alters her den Baum des Lebens darstellt. Der Baum erzählt jedes Mal eine andere Geschichte. Sie zu deuten, obliegt dir. Ich erzähle nur das, was ich sehe.«

Nach diesen Worten ging sie mir voraus in die halbdunkle Hütte, deren Einrichtung ebenso bescheiden war wie ihr Äußeres. Der Boden bestand aus festgestampfter Erde und wurde nur stellenweise von Strohmatten bedeckt, die Wände waren geschwärzt vom Ruß der Feuerstelle, über der ein verbeulter Kessel hing, und es roch scharf nach getrocknetem Pech. Das einzige Möbelstück war eine Wiege, die jemand aus Treibholz gezimmert hatte.

Wir setzten uns auf eine Strohmatte.

»Er hat mir diese Wiege am Tag unserer Hochzeit geschenkt«, sagte Long Kate, die meinen neugierigen Blick bemerkt hatte. »Sie scheint seiner Familie gehört zu haben und ist auf jeden Fall noch älter, als sie aussieht.« Sie sah tatsächlich alt aus, uralt, als hätten schon die Söhne Hagars und Abrahams darin gelegen.

»Als ich New Port kennenlernte, sprach er oft davon, dass er einmal ein Kind namens Cradle haben würde. Ich fand das seltsam, aber noch merkwürdiger ist es, jemanden nach dem englischen Wort für Wiege zu nennen. Aber vielleicht habe ich ihn einfach missverstanden, und er hat von der alten Wiege, nicht von seiner Tochter gesprochen.«

Ihr Lächeln wirkte merkwürdig verkrampft. »Nein, nein. Ich habe das Kindchen nach meiner Mutter genannt. Gretel heißt das Mädchen, aber mein Mann spricht es immer falsch aus.« Dann holte sie rasch einen Satz spe-

ckiger Tarotkarten aus einer Tasche ihres grauen Woll-
kittels, und ihre Züge entspannten sich merklich, als sie
die Karten so sorgfältig mischte wie ein Pokerspieler
aus Louisiana. Ihre schmalen Hände glichen dabei zwei
weißen Spinnen, die gemeinsam ein Netz um ein argloses
Opfer weben.

»Zieh eine Karte«, sagte Long Kate, nachdem sie vier
Stapel zwischen uns auf der Strohmatte gebildet hatte,
die, so erklärte sie mir, den hebräischen Buchstaben *Jod*,
He, *Waw* und *He* entsprachen. Ich tat wie befohlen und
gab ihr die Karte, die sie sofort ablegte. Dann legte sie
zwei Karten links und rechts unter die erste, so dass sie
ein Dreieck bildeten. Darunter folgten zwei weitere Paare,
mit einer weiteren Karte in der Mitte. Unter diese legte sie
noch zwei Karten untereinander. Das Muster entsprach,
so erklärte sie mir, dem Lebensbaum der Kabbala. Mir
blieb das alles vollkommen unverständlich – das Muster ebenso wie die Bilder auf den Karten, die Schwerter,
Kelche, Scheiben, Stäbe und mittelalterliche Figuren wie
Ritter, Hofnarren und Magier zeigten.

»Auf mich wartet eine große Karriere, und bald werde
ich das Herz einer reichen Erbin erobern«, scherzte ich
matt, aber sie starrte nur schweigend auf den sogenannten Lebensbaum. Es dauerte eine Weile, bis sie aufblickte.

»Deine Zukunft kann dir niemand verraten, aber du
hast sie bereits verändert, als du diese Hütte betreten
und diese Karte gezogen hast. Die Drei der Schwerter, ein
Symbol der Trauer und Verwirrung.« Sie starrte erneut
auf das Muster.

»Was bedeuten die anderen Karten? Nichts Schlechtes,
hoffe ich?«

»Schau dir die höchste Karte an, die Vier der Stäbe.
Vollendung! Ob es eine Vollendung zum Guten oder zum
Schlechten ist, kann man noch nicht sagen, denn der Weg
ist mit Mühsal und Not gepflastert. Hier zum Beispiel, die

Fünf der Scheiben. Freilich kann jedes Symbol eine Vielzahl von Bedeutungen haben. Ein großes Ziel kann man nicht mühelos erreichen.«

Ich konnte keinen Sinn in ihren Erklärungen erkennen und hörte nur mit halbem Ohr zu, während sie noch eine Weile von Stäben und Kelchen und ähnlichem Krempel redete. Dann unterbrach ich sie ungeduldig: »Schön und gut, aber ich wollte Euch eigentlich nach Eurer Geschichte fragen; nach der *Princess Augusta* und dem Schicksal der Besatzung und der Passagiere. Ich möchte so viel darüber erfahren wie möglich. Könnt Ihr mir nichts dazu sagen?«

Sie musterte mich nachsichtig, wie einen lernfaulen Schüler. »Natürlich. Darum geht es. Ich erzähle es dir auf meine Weise, und ich sagte ja bereits, dass mir diese Karten dabei helfen. Sie sind mir wichtig. Sie helfen mir nicht nur dabei, mich zu erinnern – sie sind meine Erinnerung!«

Zweiter Teil:

DAS SCHIFF

Da werden sie dann fragen ihre Götzen und Beschwörer, ihre Totengeister und Zeichendeuter.

Jesaia 19,3

Die erste Karte:

Die Drei der Schwerter

Long Kate starrte eine gefühlte Ewigkeit auf die Karte, die ein großes, nach oben gerichtetes Schwert und zwei kleine Schwerter zeigte, deren Spitzen sich vor einem wild wogenden Hintergrund berührten. »Trauer«, sagte sie schließlich. »Traurigkeit, Trennung und Tränen. Kannst du damit etwas anfangen?«

Ich wich ihrem bohrenden Blick aus und schwieg. Trauer war mir keineswegs unbekannt, aber ich war nicht nach Block Island gereist, um die Beichte abzulegen. Ich wollte Klarheit, wo Tränen doch nur alles verschwimmen ließen. Plötzlich fiel mir etwas ein, an das ich schon früher gedacht hatte: »Die Insel hat die Form einer Träne.«

»Das mag sein. Aber vielleicht ist das Meer eine gewaltige Tränenflut, in der die Insel Zuflucht bietet?«, antwortete sie. »Für mich ist ein anderer Ort mit Trauer verbunden. Kralingen. Ein sumpfiges Feld hinter einem hohen Deich in der Nähe von Rotterdam. Dort mussten Hunderte ausharren, die eine Überfahrt nach Amerika gebucht hatten und nun wochen-, sogar monatelang darauf warteten, dass ihr Schiff eintraf. War es endlich eingetroffen, musste es noch ausgerüstet und die Frachträume für Passagiere umgebaut werden. Stell dir vor, wie sich die Menschen fühlten, die hoffnungsvoll Haus und Hof in Orten wie Schwaigern, Otterburg, Waldmohr oder Lambsheim verlassen hatten, die bereit waren, alles Vertraute aufzugeben, um dem Traum vom Gelobten Land zu folgen. Sie hatten alles verkauft, um den Rhein entlang nach Norden zu reisen, hatten unterwegs Kinder oder Großeltern beerdigt und glaubten dennoch unerschütterlich daran, in wenigen Wochen das Ziel ihrer Wünsche erreicht zu haben. Doch die Holländer ließen sie nicht in die Stadt, und so füllte sich das Lager von Kralingen an der Ruine einer alten Seemannskapelle. Es füllte sich mit provisorischen Zelten aus schmutzigen Wolldecken über schlammigem Boden. Wenn die Sonne schien, waren die Hitze und der Gestank schier unerträglich, wenn es regnete, kroch einem die kalte Nässe in alle Glieder und das feuchte Brennholz qualmte nur, anstatt zu brennen. Viele wurden krank, viele starben am Fieber – so viele, dass man den Friedhof von Kralingen für uns Fremde sperrte. Wir mussten die Toten zur Insel Feijenoord bringen, wo auch das Pesthaus stand und wo sie in Massengräbern verscharrt wurden. Von der Insel aus konnte man den vornehmen Stadtteil Haringvliet gut erkennen. Dort, so erzählte man uns, stünden die prächtigen Häuser der *Rijkelui*, der reichen Leute und Reederfamilien, auch jenes der Brüder Hope.

Schon nach wenigen Tagen in dem provisorischen Lager wünschte ich, wir wären zu Hause geblieben. Nicht dass ich in unserem armseligen Dorf besonders glücklich gewesen wäre – gewiss nicht. Aber im Vergleich zur Jauchegrube von Kralingen war es das Paradies. Wir hatten wenigstens ein Dach über dem Kopf und genug zu essen gehabt, auch wenn wir uns alleine durchschlagen mussten. Meinen Vater habe ich nie kennengelernt, aber Mutter meinte immer, das sei besser so, denn er sei ein Halunke und Beutelschneider gewesen, und sie kam gut ohne Mann zurecht. Sie kannte die alten Heil- und Bannsprüche und wurde zuweilen gerufen, um das Vieh zu besprechen. Sie hatte mir die richtigen Worte beigebracht: *Wolf, Wolf, Wolf, willst du Rindfleisch fressen, geh übern Rhein und friss Schweinefleisch!«*

»Ein merkwürdiger Spruch! Was soll er denn bewirken?«

»Dreimal wiederholt hilft er gegen Würmer. Mutter hatte freilich auch ein Kräutersäckchen parat, um die garstigen Würmer auszutreiben, und sie hatte immer diese Karten zur Hand. Sie brachten nicht jedem Glück, aber uns schon. Auf der Kerwe, wie wir das Kirchweihfest nennen, ließen sich die Mädchen die Karten legen, um zu erfahren, ob dieser oder jener Bursche ihnen treu war, oder ob sie bald heiraten würden. Mutter war ehrlich zu ihnen und behauptete nie, in die Zukunft schauen zu können. Aber sie widersprach auch nicht, wenn jemand ebendies von ihr verlangte. Dann fand sie stets gute Worte, die den Menschen die notwendige Kraft gaben, um selbst den richtigen Weg zu wählen, oder einfach nur Trost spendeten.

Während wir in dem verfluchten Drecksloch von Kralingen auf unser Schiff warteten, stand der Trost, den Tarotkarten mitunter bieten, hoch im Kurs. Es hatte sich rasch herumgesprochen, dass meine Mutter und ich eine seltene Kunst beherrschten, und während viele es für einen bloßen Zeitvertreib hielten, glaubten manche fest an Magie. Andere lästerten über heidnische Bräuche, Aberglauben und Blasphemie. Gute Christen, so sagten sie, dürften sich nicht anmaßen, Dinge zu wissen, die dem Allmächtigen vorbehalten seien. Niemand dürfe sich ungestraft in Gottes Plan einmischen.

So sprachen nur wenige, und unser Erfolg machte uns weitgehend taub für die Hassreden der Frömmler. Alle anderen interessierten sich dafür, was die Karten erzählten, und da fast unentwegt Männer und Frauen jeden Alters an uns herantraten, beschloss Mutter, die alte, halbverfallene Kapelle für ihre Zwecke zu nutzen. Eine kleine Ecke dieser Ruine, die in der Sommerhitze Schatten bot und bei den häufigen Unwettern vor Wind und Regen schützte, diente ihr sozusagen als Schaubude, und die

Kette ihrer Besucher riss nicht ab. Hin und wieder kamen sogar Holländer, die sonst um das elende Lager der deutschen Auswanderer einen großen Bogen machten, aus den Dörfern der Umgebung und die weniger scheuen Fischer und Seemänner aus dem Hafen von Rotterdam.

Sie besuchten seit jeher die Kapelle, die dem Heiligen Elgebrecht geweiht und in irgendeinem dummen Krieg von spanischen Söldnern zerstört worden war. Die Holländer beteten dort unverdrossen für gute Fahrt oder die Seelen ihrer ertrunkenen Kameraden: *Onze Vader, die in de Hemelen zijt* … Nun erledigten sie rasch ihre frommen Pflichten und ließen sich dann für ein paar Kupfermünzen die Karten legen.

Vielleicht kamen sie auch nur, um Mutter zu sehen, die von allen nur die Witwe oder »d'Witib« genannt wurde. Die Menge zerstreute sich bald, wenn ich das Kartenlegen übernahm. Mutter war nun einmal eine stattliche Erscheinung, nicht so lang und zaundürr wie ich, und zog die Menschen ganz unbewusst in ihren Bann – wie eine Hohepriesterin aus biblischen Zeiten. Oder wie eine Schicksalsgöttin, die mit jeder noch so kleinen Geste das Netz der Vorsehung webt. Niemand kam auf die Idee, an ihren Worten zu zweifeln.«

»Warum habt Ihr Euch eigentlich entschlossen, nach Amerika auszuwandern?«, fragte ich, als Long Kate schwieg und die Augen schloss, als wollte sie das Bild ihrer Mutter noch einmal heraufbeschwören.

»Sie wollte es. Ich ebenso, auch wenn ich mich vor der langen Reise und der Ungewissheit fürchtete. Aber wie viel hatten wir denn schon zu verlieren? Nichts außer der Illusion, in der Heimaterde verwurzelt zu sein. Weniger als nichts, behauptete der Neuländer; so nannten wir die Menschenfischer, die von einem Gasthof zum nächsten zogen, die Münzen in ihrer Tasche klimpern ließen und von den Wundern der Neuen Welt erzählten. Er war nur einer von vielen, die von den Reedern dafür bezahlt wurden, arglosen Dörflern einen Floh ins Ohr zu setzen. Ich half gelegentlich als Bedienung in einem Gasthaus und hatte schon mehrmals erlebt, wie der Neuländer den gaffenden Bauern eine Runde Bier spendierte und Honig ums Maul schmierte. Ja, auch er habe einst seinen Acker bestellt, aber die Steuern seien einfach zu hoch gewesen, das Land zu klein, die Familie zu groß, der Boden zu ausgelaugt. Alle paar Jahre seien Soldaten wie Heuschrecken durchgezogen, um zu plündern und zu brandschatzen, mal in schmucken Uniformen und mit wehenden Fahnen, mal in zerfetzten Lumpen auf dem Rückzug von irgendeiner verlorenen Schlacht. Ganz gleich, ob Russen, Preußen oder Franzosen – sie seien nie verlegen gewesen, wenn's darum ging, Mädchen zu schänden, Scheunen anzuzünden und Vieh abzustechen.

Die Bauern nickten weise. Sie kannten das alles und hatten es so oft erlebt, dass der Krieg ihnen so unvermeidlich vorkam wie ein besonders harter Winter oder eine langanhaltende Dürre.

Für den lebenslustigen Neuländer gab es in der Neuen Welt freilich nichts Unvermeidliches, abgesehen von Glück und Wohlstand. Bei schlechtem Wetter ritt er einfach so lange nach Süden, bis er ewigen Sommer erreichte. Steuern hatte er noch nie bezahlt, und weil das Land fast grenzenlos war, kam niemand auf die blödsinnige Idee, einen Krieg anzuzetteln, um Grenzen zu verschieben.

Für mich waren das nur Worte eines selbstgefälligen Aufschneiders, doch eines Tages tauchte ein anderer Mann auf. Er ließ sich Pierre rufen, aber Franzose war er wohl nicht, denn er sprach und verstand unseren pfälzischen Dialekt. Die Geschichten, die er im Wirtshaus zum Besten gab, glichen denen der anderen Neuländer, und das Klimpern der Münzen in seiner Tasche klang auch nicht viel anders. Er zog mich und die meisten seiner Zuhörer auf ganz andere Weise in seinen Bann. Seine strahlend blauen Augen funkelten belustigt, wenn er das Staunen seines Publikums wahrnahm, konnten aber im nächsten Moment abgrundtiefe Wehmut zum Ausdruck bringen. Er schien tatsächlich unter entsetzlichem Heimweh zu leiden, wenn er von seiner florierenden Farm in den Kolonien berichtete, so dass ich erstmals den Eindruck hatte, jemand könnte in dieser fernen fremden Welt zuhause sein. Viele wären ihm am liebsten sofort ins Gelobte Land gefolgt, aber die Kosten für die Überfahrt waren für unsereins viel zu hoch. Dieses Argument ließ Pierre nicht gelten. Man könnte doch einen Vertrag unterzeichnen, dann würde eine Firma alles bezahlen und man könne die Schulden in der Neuen Welt im Handumdrehen abarbeiten. Ein Jahr, vielleicht zwei, dann stünden alle Türen offen. Die Arbeit sei auch nicht härter als hierzulande, nur dass man bei uns auch nach fünf Jahren auf keinen grünen Zweig kam, weil man mit dem eigenen kargen Lohn auch noch einer gefräßigen Heerschar aus Pfaffen, Beamten und Gutsherren den Bauch und den Beutel füllen müsse.«

»Ihr habt einen solchen Vertrag unterzeichnet? Müsstet Ihr dann nicht Eure Schuld durch Arbeit begleichen?«

Sie lachte über meine naive Frage. »Der Name Catherine Port steht unter keinem Vertrag, und die alte Katrina ist mit der *Princess Augusta* im Meer versunken. Aber glaub bloß nicht, ich hätte nur aus diesem Grund geheiratet. Es hatte etwas mit den Karten zu tun und mit den letzten Worten meiner Mutter.«

»Das müsst Ihr mir näher erklären!«

»Lange bevor Pierre in unserem Dorf aufkreuzte, brach Mutter ein ungeschriebenes Gesetz und legte die Karten für sich selbst. Warum, weiß ich nicht, und sie erzählte mir nie, was der Lebensbaum ihr an Wundern oder Schrecknissen offenbart hatte. Als ich ihr von dem Neuländer berichtete und sagte, er habe mich fast überzeugt mit seinen Märchen, blieb sie ernst und schweigsam. Tags darauf schickte sie mich zu Pierre, der immer noch im Gasthaus Hof hielt, um von ihm genaue Informationen zur Überfahrt, den Kosten und Terminen zu bekommen. Sie hatte es sich in den Kopf gesetzt, nach Amerika auszuwandern. Weder sie noch ich hätte die Reise allein gewagt, aber nun machten wir uns gegenseitig Mut und begeisterten uns für den Plan. Wie oft hatte ich davon geträumt, alles aufzugeben, um irgendwo neu anzufangen. Nun war die Gelegenheit zum Greifen nah, und Pierre gab sich sehr hilfsbereit. Er bot sogar an, jene, die eine Überfahrt buchen oder einen Arbeitsvertrag unterzeichnen wollten, nach Rotterdam zu begleiten, das bestmögliche Schiff zu finden und mit den Reedern so zu verhandeln, dass niemand uns übers Ohr hauen könne. Wir vertrauten ihm und begannen erst in Kralingen an seiner Ehrlichkeit zu zweifeln. Denn während wir in diesem elenden Sumpf ausharrten, ließ er sich kaum je blicken. Wenn er aus der Stadt kam, um uns Neuigkeiten zu überbringen, konnte er nie etwas Genaues über die Abreise sagen, sondern bat uns lediglich um Geduld und etwas Geld für seine Unkosten.

Wir hatten Kralingen im Frühjahr erreicht. Der Sommer kam, und die Menschen begannen zu murren. Ein halblaut gesprochenes Schimpfwort konnte eine Schlägerei unter den Männern auslösen, die Frauen zankten sich oft und die Kinder lachten nicht mehr, spielten nicht mehr und starrten mit großen Augen auf die Erwachsenen, die ebenso ratlos waren wie sie. Auch Mutter und ich bekamen den Stimmungswechsel zu spüren. Man beschimpfte sie als Hexe, mich als Dirne, und man drohte uns offen, dass man unsere gotteslästerlichen Umtriebe nicht länger hinnehmen wolle. Man werde die alte Kapelle tüchtig ausfegen und vom Unrat befreien.

Das Gerücht ging um, Mutter hätte einen jungen Burschen überredet, seine Verlobte zu verlassen. Ihre Karten und Prophezeiungen hätten den Ausschlag gegeben. Ob es sich wirklich so zugetragen hatte oder ob es nur ein Vorwand war, um uns ebenso zu schikanieren wie damals im Dorf, kann ich nicht sagen. Eine Frau ohne Ehemann und eine Tochter ohne Vater eignen sich immer als Sündenböcke, und ich weiß gar nicht, wie oft man uns früher schon bespuckt und mit Kot beworfen hatte, weil eine Kuh trotz aller Heilsprüche gestorben oder ein Mädchen mit einem Hausierer durchgebrannt war. Wir mussten immer damit rechnen, Hass und Schmähungen auf uns zu ziehen, aber in der aufgeheizten Stimmung im Lager von Kralingen konnte dergleichen jederzeit blutig enden.

Eines Morgens näherte sich eine Gruppe wutentbrannter Weiber der alten Kapelle, ihnen voran schritt die sitzengelassene Braut, Zornesröte im Gesicht und einen großen Holzkübel in der Hand. Sie trat an Mutter heran, schimpfte sie eine gottlose Hexe und leerte den stinkenden Inhalt des Kübels über ihr aus. Alle lachten, niemand verteidigte sie.

Halb so schlimm, denkst du? Jeder Schmutz lässt sich abwaschen? Gewiss, aber im Fiebersumpf von Kralingen wusch man sich mit schmutzigem Wasser. Zwei Tage später litt Mutter an heftigen Krämpfen und Schüttelfrost, und nach vier Tagen starb sie. Kurz vor ihrem Tod schien es ihr besser zu gehen. Trotz des hohen Fiebers klangen ihre Worte klar und entschlossen. ›Ich habe dich auf die Welt gebracht‹, sagte sie, ›und jetzt weise ich dir den Weg. Trauer ist wie ein Morast, der unsere Schritte hemmt und uns immer tiefer in den Schlamm zieht. Der aber ist zugleich fruchtbarer Boden. Du wirst sehen, dass auch ein solcher Morast Blüten hervorbringt. Nimm die Hand des Mannes, der dein Leben rettet.‹

Man brachte ihre Leiche nach Feijenoord. Als ich von dort auf die vornehmen, mehrstöckigen Häuser am anderen Flussufer blickte, glaubte ich zu verstehen, was Mutter von mir erwartete. Mein Wunsch nach einem neuen Leben in einem neuen Land wurde zu einer brennenden Sehnsucht. Es gab nichts, was ich nicht tun würde, um mein Ziel zu erreichen.«

Die zweite Karte:

Der Mond

Als Long Kate von den letzten Worten ihrer Mutter erzählte, wurde ich stutzig. Ich hatte einige Menschen sterben sehen, an Altersschwäche, Seuchen, Feuer und tödlichen Wunden, aber keiner von diesen armen Teufeln hatte die sichtbare Welt mit einer bühnenreifen Abschiedsrede verlassen. »Eure Mutter hat Euch gewiss viel bedeutet«, sagte ich höflich, ohne meine Zweifel zu äußern.

»Viel mehr, als du glaubst. Sie hatte kein Geld, kein Land, keine Angehörigen. Aber sie gab mir das notwendige Maß an Zuversicht, ohne das ich längst aufgegeben hätte, mein Glück zu suchen. Selbst ihr Tod ließ die Quelle, aus der ich Kraft schöpfte, nicht versiegen. In ihr schwelte eine ungeheure Glut, die mich jetzt noch wärmt, wenn ich nur an sie denke, und wenn ich die Karten lege, spüre ich, dass sie mich nie verlassen hat.«

Ihre Augen schimmerten unergründlich im Licht der flackernden Talgkerze. Ich beneidete sie ein wenig wegen eines Gefühls, das ich noch nie empfunden hatte. Statt Wärme wurde mir Kälte mit auf den Weg gegeben. Oder bildete ich mir das nur ein? War die Glut erloschen, weil ich mich nach Dunkelheit sehnte? Es schmerzte, daran zu denken, also lenkte ich davon ab, indem ich nach der zweiten Karte fragte.

»Der Mond«, sagte sie, doch das Bild zeigte einen Gang zwischen zwei dunklen Türmen, der von Schakalen und ägyptischen Göttern bewacht wurde. Darunter sah man einen Käfer, der mit seinen Klauen die Sonne umfing. Erst als ich genauer hinsah, entdeckte ich eine Mondsichel, deren Spitzen die beiden Turmspitzen berührten. »Ein Symbol für die Dunkelheit, die man überwinden muss, um ans Licht zu gelangen. Eine bedeutende Veränderung kündigt sich an.«

Wieder dieser durchdringende Blick. Wollte sie mich verunsichern? Mein Gewissen oder auch nur meine Aufmerksamkeit prüfen? Ich ging nicht darauf ein, und sie fuhr fort: »Ein oder zwei Wochen nach dem Tod meiner Mutter tauchte Pierre wieder auf, und diesmal bat er nicht um Geld, sondern brachte eine frohe Botschaft. Unser Schiff sei eingetroffen und für die Überfahrt ausgerüstet. Bald werde es am Oudehaven, dem Alten Hafen, anlegen und die Passagiere aufnehmen. Jubel brach aus. Die gereizte Stimmung im Lager verflog, niemand interessierte sich mehr für die Tarotkarten, und auch die Schatten der Glücklosen, die in Kralingen gestorben waren, schienen sich aufzulösen wie Frühnebel in der Morgensonne. Die Leute, zumindest jene, die Pierre gefolgt waren und ihre Überfahrt bei den Brüdern Hope gebucht hatten, lachten und sangen, während sie ihre schäbigen Siebensachen zusammenkramten, um noch am selben Tag zum Hafen aufzubrechen. Sogar jene, die auf das nächste Schiff warten mussten, wirkten gutgelaunt und schöpften Hoffnung aus der Fröhlichkeit ihrer aufbrechenden Landsleute.

Ich schloss mich dem langen Zug an, der dem Flusslauf folgte. Einige Familien, die ihren Hausrat in Kisten und Truhen auf Handkarren gepackt hatten, kannte ich aus meinem Heimatdorf – die Dieters, Schneiders und Geberts. Wenige machten sich allein auf den Weg: junge Männer, denen ein kleiner Beutel genügte, um ihr gesamtes Hab und Gut unterzubringen. Außer mir gab es nur eine weitere ledige Frau, die alleine reiste. Es war dieselbe, die meine Mutter beschimpft und mit Dreck besudelt hatte, weil ihr Verlobter sich aus dem Staub gemacht hatte. Als ich sah, wie sie mit leerem Blick und geröteten Augen den anderen hinterherstapfte, während die jungen Burschen Abstand hielten, als hätte sie eine ansteckende Krankheit, begann sie mir trotz allem leidzutun. Ich hätte sie hassen müssen und wunderte mich selbst, dass ich es nicht tat. Vielleicht waren unsere Schicksale auf eine Weise verknüpft, die solch garstige Gefühle nicht zuließ? Wer weiß. Jedenfalls suchte ich ihre Nähe, ohne Worte zu verschwenden, und sie schien es zu akzeptieren. Wir gingen nebeneinander wie Schwestern, aber ich erfuhr erst später, dass wir denselben Vornamen hatten. Katrina.

An den Kais des alten Hafens herrschte dichtes Gedränge. Schauermänner in schmutzigen Segeltuchhosen halfen beim Be- und Entladen der Fracht, während besser gekleidete Aufseher und Konsignatare Befehle brüllten oder Notizen machten. Zucker aus der Karibik, Gewürze aus dem Orient, Baumwolle und Kiefernholz aus Amerika – doch eigentlich konnte man nur vermuten, was in all den Fässern, Kisten und Ballen steckte –, und als wir uns dem Schiff näherten, das uns über das Meer tragen sollte, kam mir der Gedanke, dass wir Passagiere in den Augen der Seeleute auch nichts anderes waren als Fracht oder Ballast. So würde man uns auch behandeln. Mit chinesischem Porzellan ging man zweifellos sorgsamer um.

Ohne Pierre hätten wir in diesem labyrinthischen Wald aus schwankenden Masten stundenlang nach dem richtigen Schiff gesucht, doch er führte uns schnurstracks zur *Princess Augusta*, einem stolzen Dreimaster, der mir dennoch viel zu klein vorkam, um so viele Passagiere unterzubringen. Über eine schmale Gangway ging es im Gänsemarsch an Bord, und das Deck füllte sich rasch mit Männern, Frauen und Kindern und all dem sperrigen

Krempel, den sie aus ihren Dörfern mitgeschleppt hatten. Die meisten schwiegen und musterten ihre neue Arche mit einer Mischung aus Neugier und Ehrfurcht. Nur die Kinder zeigten weniger Respekt und scheuten sich nicht, alles anzufassen, was ihnen interessant vorkam, und den einen oder anderen Matrosen am Ärmel zu zupfen und auszufragen. Die gutmütigeren Seeleute schenkten ihnen ein mitleidiges Lächeln und antworteten in einem Kauderwelsch aus Holländisch, Englisch und Deutsch, das wohl niemand außer sie selbst verstehen konnte. Die weniger gutmütigen verscheuchten die kleinen Passagiere wie lästige Fliegen.

Vom Achterdeck aus blickten zwei Männer auf uns herab. Einer von ihnen, wahrscheinlich der ältere, musste der Kapitän sein. Doch wenig später erfuhr ich, dass Kapitän George Long viel jünger war als sein wohl doppelt so alter Maat Arthur Brooks. Long war tatsächlich keine zwanzig, also in meinem Alter, und hatte noch kaum Erfahrung als Kommandant. Inzwischen weiß ich, dass erfahrene Kapitäne nur ungern Auswandererschiffe übernehmen und dass Reeder bevorzugt junge Kerle anheuern, um den Lohn drücken zu können.

Unser Neuländer Pierre übersetzte für uns die Anweisungen und Erklärungen des Bootsmanns, zeigte uns einen großen Sandkasten an Deck, in dem wir bei ruhigem Seegang Kohlenfeuer anzünden durften, um Tee oder kleine Mahlzeiten zu kochen. Eine Mahlzeit am Tag würde der Schiffskoch für uns zubereiten, und jeder Passagier bekam eine bestimmte Menge Trinkwasser. Bei schlechtem Wetter und schwerer See mussten wir unter Deck in unserem Quartier ausharren. Vorläufig verschwieg man allerdings, dass in einem solchen Fall die Luken nicht nur geschlossen, sondern auch verriegelt wurden.

Als ich zum ersten Mal durch eine Luke und über eine

lange Leiter in den halbdunklen Frachtraum hinabstieg, der uns in den nächsten Wochen als Unterkunft dienen sollte, spürte ich eine Schwäche in den Knien und wäre am liebsten sofort umgekehrt. An Deck hatte sich die brütende Sommerhitze bereits unangenehm angefühlt, doch dort unten im Bauch des Schiffes fiel das Atmen schwer und der Schweiß lief in Bächen. Wie sollte man hier einen einzigen Tag in Gesellschaft von rund vierhundert ebenso stark schwitzenden und nach Luft schnappenden Menschen verbringen? Die Schiffseigner hatten zwei Reihen mit dreistöckigen, grob gezimmerten Stockbetten aufstellen und zwei Aborte an Backbord und Steuerbord einrichten lassen. Zwei oder drei Passagiere würden sich ein Bett teilen müssen und abwechselnd darin schlafen, falls man in dem luftlosen, dunklen, ewig schaukelnden Loch denn überhaupt schlafen oder auch nur einige Minuten Ruhe finden konnte.

Die meisten von uns trugen es mit Fassung und versuchten es sich in den engen und harten Kojen so bequem wie möglich zu machen. Aber sie hatten einfach zu wenig Phantasie, um sich auszumalen, wie grässlich ihr spartanisches Quartier auf dem weiten Atlantik bei Sturm sein würde, wenn die Hälfte ihrer Landsleute unter Seekrankheit litt. Mir scheint, ein Insekt, das auf dem Boden eines Kübels voll Schmutz und Unrat haust, wäre glücklicher dran gewesen.

Katrinchen – Little Kate, wie sie später von den englischen Matrosen gerufen wurde – zählte zu denen, die mit einem Schulterzucken die fragwürdigen Bedingungen akzeptierten, die man uns dreist als notwendig vorsetzte. Gleichzeitig war sie lebhaft und tüchtig genug, ihre Koje, die sie mit mir teilen würde, mit ein oder zwei Wolldecken und einem kleinen Kruzifix derart auszustaffieren, dass sie ein paar grobe Bretter vorübergehend als trautes Heim betrachten konnte.

Mein Heim bestand aus dem Tarotkartensatz, den meine Mutter mir hinterlassen hatte, und aus dem Lebensbaum, den ich mehrmals täglich auslegte, doch achtete ich immer darauf, die Karten nie in Gegenwart von Little Kate hervorzuholen. Ich wusste, dass der Anblick sie kränken oder gar erzürnen würde. Während wir darauf warteten, dass die *Princess* endlich ablegte, und dies geschah erst einige Tage später, versuchte ich ernsthaft, sie kennenzulernen. Sie blieb zurückhaltend und schweigsam, als vermutete sie böse Absichten hinter meiner harmlosen Neugier. Ich achtete darauf, sie nicht zu bedrängen, und zog mich sofort zurück, wenn sie für sich bleiben wollte. Doch merkte ich bald, wie ungern sie allein war und wie schäbig sich einige Passagiere ihr gegenüber verhielten. Die jungen Burschen ließen sie meist in Ruhe, aber die älteren Frauen, vor allem die insgeheim unglücklichen, die mit Einfaltspinseln, Tölpeln und Grobianen verheiratet waren, neckten sie gern mit der Tatsache, dass ihr Verlobter sich aus dem Staub gemacht hatte. ›Warum wohl?‹, fragten sie boshaft. Sie habe wohl nie gelernt, wie man mit Mannsbildern umspringt, damit sie nicht bei erster Gelegenheit die Flucht ergreifen?

Es dauerte einige Zeit, bis ich die ganze Geschichte über Little Kates missglückte Verlobung zu hören bekam. Häppchenweise und nicht von ihr selbst: Sie war eine einfache Magd aus einem winzigen Dorf namens Tiefenthal, die einen Ausweg aus ihrer schäbigen kleinen Welt suchte, er ein Schustergeselle aus Bad Dürkheim mit hochfliegenden Träumen, aber ohne die geringste Vorstellung, wie man Träume verwirklicht. Im Grunde war er ein Taugenichts, der überall Schulden und Scherereien hatte und nichts so sehr hasste wie die guten Ratschläge seines Meisters. Mit Fleiß und Geduld kommt man immer ans Ziel, hatte dieser mit erhobenem Zeigefinger gepredigt. Leider zählten weder Fleiß noch Geduld zu den Tugenden des Gesellen, doch er machte diesen bedauerlichen Mangel durch spontane Geistesblitze wett. Hatte nicht Jesus von den Vögeln auf dem Felde erzählt, die nicht säen und nicht ernten, aber trotzdem von unserem Herrgott ernährt werden? Die Frömmigkeit des jungen Burschen beruhte zum Großteil auf diesem Satz, der Rest des Evangeliums konnte ihm gestohlen bleiben. Dennoch genügte sein eng begrenztes Bibelwissen, um manch einen davon zu überzeugen, dass er ein bodenständiger Christ war und dass seine Ansichten wie auch seine Moral gottgefällig sein mussten.

Ich kann nicht glauben, dass Little Kate auf die Märchen dieses Maulhelden oder sein gutes Aussehen hereinfiel. Sie ist keine Frau, die ihrem Herzen folgt oder ihren Launen nachgibt. Der Schustergeselle war für sie wohl nur ein Mittel zum Zweck, und mit ihm durchzubrennen erschien ihr vermutlich als vielversprechende Idee, vor allem wenn sie an die trostlose Alternative dachte. Die Vorstellung, ein Leben lang in den schmutzigen Gassen von Tiefenthal zu verbringen, eine neue Generation rechtloser Mägde und Knechte in die Welt zu werfen und in derselben Erde zu verfaulen, die sie hervorgebracht hatte, peinigte sie wie ein eingetretener Dorn. Deshalb gefielen ihr die prahlerischen Reden ihres Verehrers, in denen sich die Geschichten der Neuländer mit seinen lebhaften Phantastereien mischten. Die Kolonien in Übersee mussten ein Schlaraffenland sein, und wo es keine Könige gab, konnte sich ein Schustergeselle zum König krönen! Auch wenn Kate weniger als die Hälfte davon glaubte, blieb immer noch mehr als genug übrig, um die Neue Welt für ein lohnendes Ziel zu halten. Das Paar wollte das Wagnis eingehen, um einen Ort zu finden, wo es nicht zählte, woher man kam, welcher Kirche man angehörte und welche Zeugnisse man vorlegen konnte. Warum der Jüngling die gemeinsamen Pläne verwarf und davonlief, kann ich freilich nicht sagen. Dass meine Mutter und irgendwelche dunklen Prophezeiungen dahintersteckten, ist eher unwahrscheinlich, denn sie war in solchen Dingen sehr vorsichtig und hat niemandem je geraten, Braut oder Bräutigam zu verlassen, um einer unglückverheißenden Verbindung zu entrinnen. Little Kate war trotzdem fest davon überzeugt und scheute sich nicht, mir diesen Vorwurf immer wieder unter die Nase zu reiben. Allerdings kursierten Gerüchte, nach denen ihr Verlobter seinem Meister einen gewissen Geldbetrag entwendet hatte, um die Reisekosten zu decken. Vielleicht war ihm jemand auf die Schliche gekommen oder ihn hatten Gewissensbisse geplagt – sicher ist nur, dass er verschwand, ohne sich von irgendjemandem zu verabschieden. Er ließ seine Braut nicht mit gebrochenem Herzen zurück, sondern mit einer gewaltigen Wut im Bauch. Diese ungeheure Wut wird sie eines Tages auffressen, da bin ich mir sicher, denn sie richtet sich nicht nur gegen den mutmaßlichen Verräter oder die Männer im Allgemeinen, sondern auch gegen sich selbst. Da ist noch heute ein Feuer, ein Höllenfeuer, das niemand löschen kann.«

Meine kurze Begegnung mit Little Kate schien diese Behauptung zu bestätigen. Doch nach allem, was ich bislang gehört hatte, fragte ich mich schon, warum Long Kate so nachsichtig und gleichmütig von der Frau sprach, die zumindest indirekt für den Tod ihrer Mutter verantwortlich war. »Ich hatte eher den Eindruck«, sagte ich schließlich, »dass Little Kates Wut sich vornehmlich gegen Euch richtet. Sie hält Euch für eine Zauberin und Hexe und wünscht Euch, gelinde gesagt, nichts Gutes, und ich wundere mich, warum Ihr nicht einen ebenso großen Hass auf sie empfindet.«

Long Kate senkte den Blick und nickte bedächtig. »Das alles ist mir nicht neu. Aber damals, in den ersten Tagen und Wochen unserer Reise, trug sie ihre Gefühle nicht so offen zur Schau. Zwischen uns gab es weder Zuneigung noch Freundschaft, doch wir rauften uns zusammen und gingen respektvoll miteinander um, so wie die meisten unserer Landsleute. Mir zumindest war das wichtig, denn ich wusste, wie viel Kraft man vergeudet, wenn man jemanden von ganzem Herzen hasst.«

»Kostet es nicht ebenso viel Kraft, jemandem zu vergeben?«

»Es kostet ein hohes Maß an Überwindung, und die Kraft, die man dafür aufwenden muss, wird mit Zinsen zurückerstattet. Leider fürchten wir uns oft vor diesem Weg, weil er uns als der schwierigere erscheint. Ich habe mich selbst davor gefürchtet, sehr sogar, aber ich habe auch erlebt, wie frei und leicht man sich fühlt, wenn man den Ballast einfach über Bord wirft.«

Ich hätte wirklich gern geglaubt, dass sie es ehrlich meinte. Vielleicht irrte ich mich, aber ich hatte das vage Gefühl, dass sie etwas verschwieg. »Ihr sprecht von Vergebung wie ein Geldverleiher von einem günstigen Kredit. Ich glaube nicht, dass ich so nachsichtig mit jemandem umspringen könnte, der mir das Liebste genommen hat.«

Sie starrte mich verdutzt an. »Du zweifelst an meinen Worten?«

»Nicht unbedingt …«

»Diese Karte hier sagt, dass man die Dunkelheit überwinden muss. Ich habe es versucht. Ob es mir gelungen ist, sollen andere beurteilen. Kannst du stets zwischen Licht und Dunkelheit unterscheiden? Weißt du gewiss, ob du auf der richtigen Seite stehst? Verstehst du denn nicht, dass die Karte ebenso deine wie meine ist – dass sie dir etwas offenbaren kann, was dir bislang verborgen war oder was du selbst vor dir verbirgst?«

Ich schüttelte den Kopf. Wollte sie mir den richtigen Weg weisen oder mich in die Irre führen? Mir schien beides möglich, aber ihre Worte klangen zu sehr nach dem nebulösen Altweibergeschwätz der Hellseherinnen, das man auf jedem Jahrmarkt für ein paar Kupfermünzen zu hören bekommt.

Sie warf mir einen mitleidigen Blick zu. »Du hast mich doch aus einem bestimmten Grund aufgesucht. Sprich nicht davon, aber denk immer daran – die Karten erzählen nicht eine, sondern viele Geschichten. Sie stehen für die unzähligen Möglichkeiten, die das Leben bietet, aber auch für die Grenzen, die wir uns selbst setzen, indem wir eine Wahl treffen. Manch einer, der die Dunkelheit wählt, sehnt sich nur allzu bald nach dem Licht.«

Die dritte Karte:
Die Acht der Kelche

Licht oder Dunkelheit? Ich befand mich irgendwo dazwischen im Halbdunkel. Die enge Sklavenhütte roch immer noch nach dem Elend ihrer letzten und vorletzten Bewohner, und es schien geradezu irrwitzig, dass sie nun zu einer Orakelstätte geworden sein sollte. Konnte man hier auf Antworten hoffen, die man draußen vergeblich suchte? Die Karten des Lebensbaums, den Long Kate auf der Strohmatte ausgelegt hatte, blieben mir unverständlich, und wenn ich sie als Möglichkeiten in einer langen Reihe von Entscheidungen betrachtete, verlor ich mich in vagen Andeutungen, die mir keinerlei Einsicht bescherten. Ich fühlte mich unendlich matt.

Die dritte Karte zeigte acht Kelche, drei oben, drei unten, zwei in der Mitte. Zwei Seerosen beugten sich über die mittigen Kelche und füllten sie mit Wasser, bis sie überliefen und die Flüssigkeit an die unteren Gefäße abgaben. »Trägheit«, erklärte Long Kate. »Gemeint ist, dass die Verheißungen der vorigen Karte sich womöglich als trügerisch erweisen. Die angekündigte Veränderung findet nicht statt, und wir bleiben im Dunkeln.«

Ich zuckte unwillkürlich zusammen. Sie schien genau das zu beschreiben, was ich in diesem Augenblick empfand. Natürlich mochte es Zufall sein, aber die Worte trafen einen Nerv und sorgten dafür, dass ich neugierig die Ohren spitzte.

»Als die *Princess Augusta* endlich den Hafen von Rotterdam verließ und in See stach, brach Jubel aus und das Elend von Kralingen schien vergessen. In wenigen Wochen, so dachten wir, würden wir unsere neue Heimat sehen. Es war Anfang Juli, eine frische Brise füllte die Segel, und die Strömung der Maas brachte uns an Hellevoetsluis vorbei in die Nordsee. Bald würden wir die Isle of Wight erreichen und im Hafen von Cowes auf günstige Bedingungen für die große Überfahrt warten.

Die zwei Tage Fahrt nach Cowes kamen uns endlos vor. Die Begeisterung über unseren Aufbruch wurde rasch von der plötzlichen Erkenntnis gedämpft, dass so gut wie niemand von uns im fensterlosen Bauch eines ständig rollenden und stampfenden Schiffes Ruhe und Schlaf finden konnte. Kinder weinten, Babys schrien, Männer stöhnten vor Übelkeit, Frauen übergaben sich in Blechschüsseln. In den seltenen Momenten, wenn nichts dergleichen zu hören war, gewann ein ununterbrochenes rhythmisches Knirschen und Knarren von Planken und Spieren die Oberhand, während der Bug tosend die Wellen brach und das Meer an der Bordwand vorbeirauschte.

In dieser Lage blieben wir meist uns selbst überlassen. Nur einmal täglich läutete der Schiffskoch zur Essensausgabe und verteilte Eintopf aus einem großen Bottich an die wenigen, die genug Appetit hatten, um die wässrige Mahlzeit aus Kartoffeln, Trockenerbsen und Dörrfleisch genießen zu können. Jedem Passagier stand eine bestimmte Menge Brot, Hartkäse und Wasser zu, doch das Brot erwies sich als steinharter Schiffszwieback und das Wasser roch schlecht und schmeckte so brackig, dass es einige Überwindung kostete, davon zu trinken. Der bröcklige Käse sah aus wie ein Erbstück aus Noahs Arche. Die Matrosen machten derbe Scherze, während sie die Rationen verteilten, und der Bootsmann versprach uns, in Cowes frische Vorräte an Bord zu holen. Das beste Mittel gegen Seekrankheit sei, so erklärte er gutmütig, einen Kübel Meerwasser in einem Zug leerzutrinken.

Ich hätte das alles leichter ertragen, wenn ich nicht gewusst hätte, dass die längste und schwierigste Etappe noch vor uns lag. Meine eigene Übelkeit legte sich nach ein paar Stunden, doch kam es mir schier unerträglich vor, auf engstem Raum ständig von kranken, leidenden Menschen, ihren Ausdünstungen und Ausscheidungen umgeben zu sein. So ging ich an Deck, wann immer es möglich war, und blieb so lange, bis Maat oder Bootsmann mich wieder nach unten scheuchten. Little Kate schien besser mit den Bedingungen an Bord zurechtzukommen und beklagte sich nie. Doch sogar sie wirkte erleichtert, als wir im Hafen von Cowes vor Anker gingen.

Am Abendhimmel türmten sich Purpurwolken und kündeten von nahenden Unwettern, doch die schmale Hafeneinfahrt mit Anlegestellen an beiden Ufern bot ausreichend Schutz für die zahlreichen Barkschoner, Briggs und Brigantinen, die von hier aus nach Amerika segelten. Der junge Kapitän ließ uns ausrichten, dass mit einem längeren Aufenthalt zu rechnen sei. Die Wetterlage sei bei anhaltendem raumem Wind aus Nordwest äußerst ungünstig. Am Schiff seien noch einige Reparaturen notwendig, auch müsse man auf eine Lieferung Trinkwasser warten. Zwei oder drei Familien verließen die *Princess*, wütend über die schlechte Verpflegung und die noch schlechteren Quartiere.

Little Kate erzählte mir, dass der Bootsmann sich geweigert hatte, einem kranken Kind Wasser zu geben, da seine Eltern die ihnen zustehende Ration bereits erhalten hätten. Sie hatte Pierre gebeten, den Kapitän deswegen anzusprechen, aber unser Neuländer konnte nicht helfen. Sein Quartier lag auf dem Achterdeck, so dass wir ihn selten zu sehen bekamen, und es schien fast, als würde er den gewöhnlichen Passagieren absichtlich aus dem Weg gehen. In Cowes ließ er sich gar nicht mehr blicken. Als ich einen der Matrosen nach ihm fragte, zuckte dieser nur gleichgültig mit den Schultern. Später fand ich zufällig heraus, dass er sich bis zur Abfahrt in einem der besseren Hotels einquartiert hatte.

Ich traf ihn auf dem Marktplatz, wo ich fast jeden Tag meine Karten legte, um ein paar Groschen zu verdienen und nicht von der minderwertigen Verpflegung an Bord der *Princess* abhängig zu sein. Wahrscheinlich wäre er achtlos an mir vorbeigegangen, hätte ich ihn nicht beim Namen gerufen. Er trug einen neuen schwarzen Rock und Schuhe mit auffällig glänzenden Silberschnallen. Als er vor mir stehenblieb, stellte er einen Fuß vor den anderen, so wie es die jungen Stutzer in den größeren Städten oder die Schauspieler im Theater tun. Diese Pose machte mir eindeutig klar, dass er kein einfacher Landwirt sein konnte, der in der Neuen Welt sein Glück gemacht hatte. Die Geschichten, die er uns damals im Gasthof erzählt hatte, waren wohl auswendig gelernte und wirkungsvoll vorgetragene Bühnentexte gewesen. Die Vorstellung, dass er uns das Blaue vom Himmel versprochen hatte, ohne den wahren Preis zu nennen, jagte mir Angst ein.

Ich behielt den Gedanken natürlich für mich und bot Pierre an, ihm die Karten zu legen. Er lächelte mit dem Mund, aber nicht mit den Augen, als er antwortete: ›Der Tarot wird mir nichts sagen, was ich nicht schon weiß, Fräulein Katrina.‹

›Dann seid Ihr wohl allwissend?‹ Meine kecken Worte ließen sein Lächeln erstarren.

›Mitnichten! Diese Gabe ist unserem Herrn vorbehalten. Ich begnüge mich mit den Brosamen, aber selbst diese sind nahrhafter als die Früchte des Lebensbaums.‹

›Ihr sprecht in Rätseln, Mynheer.‹ Ich benutzte absichtlich die holländische Anrede, um ihm ein wenig auf den Zahn zu fühlen. Dass er wie die meisten Auswanderer aus der Pfalz stammte, kaufte ich ihm nicht mehr ab. Er zuckte mit keiner Wimper, aber musterte mich kritisch von oben bis unten, als wolle er prüfen, wie viel ein gutes Pfund von meinem Fleisch auf dem Wochenmarkt wert sei.

›Ich fürchte, ich wäre ein schlechter Kunde für Euch. Eure Kunst besteht darin, den Menschen Hoffnung zu machen oder ihnen neue Wege aufzuzeigen. Eigentlich ist das ja auch mein Metier. Eben darum würde mir alles, was Ihr mir erzählen könntet, recht bekannt vorkommen. Auf bald, wertes Fräulein.‹

Mit diesem Gruß verschwand er in der Menge, als hätte er dringende Geschäfte zu erledigen. Die kumpelhafte Art, mit der er die Bauern im Wirtshaus angesprochen hatte, schien ihm auf dem Weg nach Cowes abhandengekommen zu sein. Ich fragte mich unwillkürlich, welche der beiden Masken Pierres wahres Gesicht darstellte oder ob sich darunter ein ganz anderer Mensch verbarg.

Wahrscheinlich hätte ich das kurze Gespräch rasch vergessen, wenn ich nicht am Abend desselben Tages mit einer sonderbar veränderten Stimmung an Bord der *Princess* konfrontiert worden wäre. Die anderen Passagiere, die mich bislang freundlich oder wenigstens gleichgültig behandelt hatten, schienen mir scheele Blicke zuzuwerfen. Die Matrosen, die sich sonst gern und immer wieder aufs Neue die Karten legen ließen, wichen mir aus und gaben vor, mit anderen, wichtigeren Dingen beschäftigt zu sein. Nur einer, ein alter Seemann mit dunklem, wettergegerbtem Gesicht, hellblauen Augen und zahllosen, teils verblichenen Tätowierungen auf seinen drahtigen Armen, blieb mir gewogen. Seine Kameraden nannten ihn Easy, und seinen richtigen Namen habe ich nie erfahren.

Easy war wohl der abergläubischste Mann, dem ich je begegnet bin. Vielleicht sah er in mir eine Seelenverwandte, da ich stets den Tarot bei mir hatte und kein Kruzifix trug wie die meisten anderen Frauen. Seine Götter hießen Wind und Meer, und weil er einen Narren an mir gefressen hatte, brachte er mir ein paar Seemannsknoten bei und unterrichtete mich in seiner Muttersprache – wenn das der richtige Begriff ist, denn auf mich wirkte er wie jemand, der nie eine Mutter gekannt hatte und als alter, zerfurchter und zerzauster Graubart zur Welt gekommen war.

In seiner herablassenden, aber gutmütigen Art nahm er mich beiseite und erzählte mir von einem Gerücht, das gerade unter den Passagieren die Runde mache. Es ging um den Tod meiner Mutter in Kralingen und die Frage, wer dafür wohl verantwortlich sei. Obwohl sehr viele Auswanderer jeden Alters den Seuchen im Auffanglager zum Opfer gefallen waren und jeder von dem Kübel voll Unrat wusste, den Little Kate aus Wut und Rachsucht über dem Haupt der Hellseherin geleert hatte, munkelte man nun plötzlich, ich sei daran nicht ganz unbeteiligt gewesen. Ich hätte einen Pakt mit dem Teufel geschlossen, um in der Neuen Welt mein Glück zu finden. Um den Vertrag zu erfüllen, hätte ich den Menschen getötet, den ich am meisten liebte – meine Mutter.

Allein die Vorstellung war völlig widersinnig. Ich wusste nicht, wie ich auf solche absurden Anschuldigungen reagieren sollte, ahnte aber, dass sie mir das Leben schwer machen würden. Wer hatte diese dreiste Lüge in die Welt gesetzt? Wer war zu einer solchen Bosheit fähig? Für mich kam nur Little Kate infrage, doch als ich sie schließlich zur Rede stellte, leugnete sie alles und beschimpfte mich aufs Übelste.«

Die Geschichte über den angeblichen Teufelspakt erinnerte mich an Dodge und sein kindisches Gefasel über den schwarzen Holzfäller. Das mochte ein Zufall sein, denn ein solcher Aberglaube war wohl weitverbreitet. Dennoch fragte ich mich, ob es da einen Zusammenhang geben konnte und ob ich etwas Wichtiges übersehen hatte. »Habt Ihr Little Kate geglaubt? Oder hatte jemand einen guten Grund, euch gegeneinander aufzuhetzen?«

Sie lachte trocken. »Einen Grund? Vielleicht hatte jemand Freude daran, zuzusehen, wie zwei junge Frauen zu Todfeinden werden. Vielleicht sollte es auch nur von anderen Dingen ablenken. Jedenfalls weckte es mein Misstrauen gegen Little Kate, aber auch gegen Pierre, dem ich bis zu jenem Tag vertraut hatte, ohne ihn wirklich zu kennen. Als ich über seine Rolle nachdachte, konnte ich immer noch nicht glauben, dass er sich die Mühe machen würde, Zwietracht zwischen mir und Little Kate oder zwischen mir und den anderen Passagieren zu säen. Das schien mir zu weit hergeholt, zumal diese Intrige, falls es eine Intrige war, nur eine vollkommen unbedeutende Person traf.

Leider ließen das Geraune und die heimlichen Anschuldigungen nicht nach, so dass ich mich noch mehr als zuvor als Außenseiterin fühlte und dem Schiff so lange wie möglich fernblieb. In milden Nächten schlief ich unweit des Hafens am Strand, was nicht ganz ungefährlich war, da es dort oft von gelangweilten und betrunkenen Matrosen wimmelte. Doch die meisten ließen mich in Ruhe, da ich auch unter ihnen bereits als Hexe verschrien war, und die übrigen konnte ich mühelos in die Schranken weisen, indem ich ein langes Segelmesser aufblitzen ließ, das Easy mir für diesen Zweck überlassen hatte.

Von den Matrosen erfuhr ich auch einiges über mein Schiff, Kapitän Long und die Brüder Hope, die unter ihnen keinen guten Ruf genossen. Die Hopes seien nicht besser als Sklavenhändler und interessierten sich nur für Profit. Das Wohlergehen der Mannschaft interessierte sie weniger und das der Passagiere war ihnen völlig egal. Keiner von ihnen habe je ein Schiff persönlich inspiziert; das überließen sie ihren Agenten, die gern zwei Augen zudrückten, wenn es um Sicherheitsfragen und Verpflegung ging. Sie rechneten aus, wie viele Menschen man in einen Frachtraum zwängen konnte und wie viel Wasser und Brot diese benötigten, um sechs Wochen zu überleben. Das Ergebnis ihrer Rechnung passten sie dann an ein recht knappes Budget an. Es wird als Erfolg verbucht, wenn mehr als die Hälfte der Passagiere das Ziel lebend erreicht, und wenn das Schiff noch seetauglich genug ist, um Fracht für die Rückfahrt aufzunehmen.

Auf den *Palatine Ships*, wie sie von den englischen Seeleuten genannt wurden, heuerten nur Grünschnäbel oder zwielichtige Männer an, die dringend eine Fahrt brauchten und nicht wählerisch waren. Diese Pötte galten als schwimmende Pesthäuser, die man meilenweit am Gestank erkennen konnte. Die weitgereisten Matrosen wunderten sich, warum ein offenbar geistig und körperlich gesundes Mädchen wie ich freiwillig an Bord gegangen war.

Das gab mir natürlich zu denken, zumal ich schon beim ersten Betreten des Schiffes ein schlechtes Gefühl gehabt hatte. Doch umkehren kam für mich nicht infrage. In meinem Heimatdorf gab es keine Zukunft für mich, niemanden, der mich vermisste, also blieb mir nur die Überfahrt, auch wenn die Bedingungen schrecklich waren. Ich erinnerte mich an den Rat meiner Mutter, an die Blumen, die im Morast wuchsen, und ich rechnete mir vor, dass es besser sei, zwei oder drei Wochen zu leiden, als den Rest meines Lebens meinen Mangel an Mut zu bereuen.

Easy verstand meine Motive oder tat so, als würde er sie verstehen. Einmal, als er sich wortlos neben mich auf den Strand gesetzt hatte, fragte ich ihn, was ihn dazu bewogen hatte, auf der *Princess* anzuheuern, wo die Auswandererschiffe doch bei den meisten Seeleuten verpönt seien. Darauf zuckte er zusammen, als hätte ich einen empfindlichen Nerv getroffen, und warf mir einen verlegenen Blick zu, der bei einem zähen alten Knochen wie ihm beinahe lächerlich wirkte. ›Ja, das ist so eine Sache‹, sagte er schließlich leise. ›Darüber spricht man nicht gern. Ich habe Dinge getan, schlimme Dinge, auf die ich nicht stolz bin. Aber was soll man machen, wenn das Schicksal einen mal in diese, mal in jene Richtung weht.‹ Er starrte gedankenverloren auf seine großen, schwieligen Hände, als hätte er sie eben in Blut getaucht.

Ich schwieg und gab ihm Zeit, zu entscheiden, wie viel er von seiner geheimnisvollen Vergangenheit preisgeben wollte. ›Ich kann nicht lange an einem Ort bleiben. Meine Ankerkette ist vor langer Zeit gerissen, niemand wartet auf mich, und selbst wenn ich reich wär wie Krösus, könnte ich mich nicht irgendwo niederlassen, ein Häuschen kaufen und in einem Bett schlafen. Ich brauch die endlos schaukelnde Wiege des Meeres, die ständige Bewegung und den weiten Horizont, denn der bietet Trost. Bei Sonnenaufgang bin ich beinahe glücklich, bei Sonnenuntergang spüre ich eine unbeschwerte Leere. Dazwischen hilft die Arbeit, alles zu vergessen, was man ansonsten vielleicht bereuen würde.‹ Er schenkte mir noch einen schüchternen Seitenblick, stand auf und klopfte den Sand von seiner schmutzigen Segeltuchhose. ›Aber das soll dich nicht kümmern, Long Kate.‹ Dann ging er fort. Wahrscheinlich wollte er mir nicht die Gelegenheit geben, tiefer zu bohren, aber ich respektierte sein Schweigen.«

Die vierte Karte:

Der Gehängte

Long Kate ließ mir etwas Zeit zum Nachdenken. Ich hatte zum ersten Mal das Gefühl, dass ihre Geschichte tatsächlich etwas mit meiner zu tun hatte. Während sie von dem alten Matrosen Easy erzählte, schien dieser Mann einen Moment lang körperlich anwesend zu sein, und die spärlichen Informationen über seine Vergangenheit wirkten auf mich, als klopfe jemand fest gegen die verschlossenen Türen meiner Erinnerung. Das war eigentlich unbegreiflich, da ich den Seemann nie persönlich getroffen hatte. Zwar kannte ich einige Kerle seines Schlages, aber nicht gut genug, um eine so heftige Reaktion auszulösen: Meine Hände zitterten, und ich spürte einen eisigen Luftzug im Nacken.

Ich versuchte dieses außergewöhnliche Unbehagen abzuschütteln, indem ich mich auf die nächste Karte konzentrierte. Doch sie bot keinen erfreulichen Anblick: Ein Mann hing kopfunter in einer Schlinge um seinen linken Fußknöchel. Das rechte Bein war so gebeugt, dass der Unterschenkel im rechten Winkel das Knie des linken Beines kreuzte. Die nach unten gestreckten Arme bildeten zwei Seiten eines gleichschenkligen Dreiecks. Nägel in den offenen Handflächen erinnerten an Bilder einer Kreuzigung. Hatte man nicht irgendeinen Apostel auf diese Weise gekreuzigt?

»Der Gehängte«, erklärte Long Kate. »Die Karte wird dem Element Wasser zugeordnet, worauf auch der hebräische Buchstabe *Mem* hindeutet. Deshalb bezeichnet man die Figur manchmal auch als Ertrunkenen. Sie symbolisiert ein freiwilliges oder unfreiwilliges Opfer. Das Licht steigt hinab in die Dunkelheit, um Erlösung zu bringen. Das erinnert mich an etwas, das mein seltsamer und geheimnisvoller Freund Easy zu mir sagte. Während der vielen Wochen, die wir in Cowes auf günstige Winde warteten, lief ich ihm nach wie ein kleines Kind, das sonst niemanden hat, um die brennenden Fragen loszuwerden, die es immerzu bedrängen. Sollte ich nicht doch aufgeben und umkehren, nun, da mich all meine Bekannten mieden oder hinter meinem Rücken tuschelten? Er antwortete immer geduldig und nachsichtig, wie jemand, der es stets bereut hat, keine Familie gegründet zu haben, und dazu neigt, einen fremden Menschen als Sohn oder Tochter zu betrachten. ›Manchmal muss man den dornigen Weg gehen, um an sein Ziel zu gelangen. Manchmal muss man eben opfern, was man liebt, um das zu bekommen, wonach man sich am meisten sehnt.‹

›Was aber, wenn die größte Sehnsucht am weitesten in die Irre führt? Was, wenn man sich am Ende nur nach dem sehnt, was man geopfert hat?‹

Daraufhin lachte er, der sonst nie lachte und selten lächelte. ›So lernt man, seine Wünsche und Sehnsüchte im Zaum zu halten.‹

›Ist es denn besser, sich mit dem Geringsten zufriedenzugeben?‹

Ich stellte mir die Frage selbst und erwartete keine Weisheiten von Easy, obwohl er mich oft durch seine Ansichten verblüffte. ›Ich weiß nicht‹, antwortete er nach langem Schweigen. ›Das scheinbar Geringste mag dennoch den größten Wert besitzen, und das scheinbar Höchste ist vielleicht nur ein Trugbild, hübsch anzusehen, aber ohne Bedeutung. Ich hab allerdings noch nie jemanden getroffen, der wunschlos glücklich gewesen wäre, es sei denn, er war mausetot.‹

Der Matrose hatte zweifellos Recht. Oder ich wollte, dass er Recht hatte. Denn in mir summte, brummte, krabbelte und flatterte es plötzlich wie auf einer Frühlingswiese bei Sonnenaufgang. All die unausgesprochenen Hoffnungen und Wünsche, die ich nicht einmal hätte genau benennen können, gaben mir das Gefühl, dass all meine Sinne wach und lebendig waren. Ich fühlte mich wie ein Spürhund, der die Witterung aufgenommen hat, aber ich wusste nicht, wie die Beute aussah, ob ich überhaupt ans Ziel kommen würde und ob die Jagd der Mühe wert wäre.

An mögliche Opfer wollte ich gar nicht denken. Die kurze Überfahrt nach Cowes hatte mir bereits einen Vorgeschmack auf die kommende Reise gegeben, und das Schiff, das mich zu den Schätzen und Wundern der Neuen Welt bringen sollte, wurde von den Seeleuten am Strand meist ›Schwimmender Sarg‹ genannt. Doch die lange Wartezeit ließ all die verbliebenen Ängste und Zweifel langsam verblassen und ersetzte sie durch eine brennende Ungeduld. Als im September nach so vielen untätigen und trübseligen Wochen endlich die Abfahrt der *Princess Augusta* für den nächsten Morgen angekündigt wurde, war ich mir sicher, dass ich die drohenden Strapazen auf mich nehmen und hinter mich bringen konnte. ›An irgendwas muss man ja sterben‹, pflegte meine scheinbar unerschütterliche Mutter im Scherz zu sagen, wenn ich etwas Leichtsinniges oder Gefährliches angestellt hatte.

Die Nacht vor dem Auslaufen verbrachte ich auf dem Schiff. Ich blieb so lange wie möglich an Deck und stieg dann in den dunklen Frachtraum hinunter, zu der Koje, die ich mit Little Kate teilte. Die Passagiere ringsum schienen unablässig zu quasseln und dabei den letzten Rest atembarer Luft aufzubrauchen. Alle waren aufgeregt wegen des großen Ereignisses, einige Frauen beteten, andere sangen Psalmen. Die Junggesellen lachten und brüllten beim Kartenspiel, die Familienväter erzählten ihren Kindern die immergleiche Geschichte vom Land ohne Zäune und Grenzen. Auch Little Kate hatte ein paar Kinder um sich geschart und las ihnen im Licht einer Öllampe aus der Bibel vor. Ich setzte mich zu ihnen und lauschte mit halbem Ohr, während meine Gedanken ständig abschweiften.

›… Es begab sich aber auf einen Tag, da die Kinder Gottes kamen und vor den HERRN traten, kam der Satan auch unter ihnen …‹

Als ich diese Worte hörte, musste ich unwillkürlich lachen, denn es kam mir völlig absurd vor, die armen Kleinen vor der Nachtruhe mit solchen Schreckensvisionen zu traktieren. Little Kate warf mir einen missbilligenden Blick zu, und ein kleines Mädchen mit langen blonden Zöpfen zog mich am Ärmel. ›Sag, bist du eine böse Hexe?‹

›Sehe ich denn aus wie eine Hexe?‹, fragte ich eher belustigt als gekränkt. ›Trage ich einen spitzen Hut? Sitzt eine schwarze Katze auf meiner Schulter? Reite ich auf einem Besen über den Nachthimmel?‹

Die Kleine musterte mich von oben bis unten und schüttelte den Kopf, wirkte aber nicht überzeugt. ›Jetzt nicht‹, erwiderte sie altklug, ›aber das will nichts heißen.‹

›Hast du denn schon einmal eine Hexe gesehen?‹

›Ja, die Bauern haben sie totgeschlagen.‹

Das Mädchen sprach diese Worte ohne jedes Bedauern aus, was sie für mich noch entsetzlicher machte. ›Wieso das denn?‹, rief ich unwillkürlich.

›Sie war halt böse.‹

Ich wandte mich hilfesuchend an Little Kate, die das Gespräch scheinbar gleichgültig verfolgt hatte: ›Was steht denn in der Heiligen Schrift? Was hält Jesus Christus davon, andere Leute totzuschlagen?‹

›Du musst das nicht alles für bare Münze nehmen. Die Mitzi hat so viel Unfug im Kopf. Sie plappert alles nach, was sie zufällig aufschnappt.‹

›Dann erklär du ihr, dass ich keine Hexe bin.‹

›Das kann ich nicht. Vielleicht bist du ja doch eine.‹

›Wenn ich eine wäre, würde ich das Schiff und alle an Bord direkt in die Hölle schicken‹, rief ich erbost und so laut, dass Mitzi zu weinen begann und die anderen Kinder fortliefen. Little Kate tröstete die Kleine, ich hätte das nicht ernst gemeint, ich sei gewiss keine böse Hexe. Sie küsste sie auf die Stirn und gab ihr das Kruzifix, mit dem sie unsere Koje dekoriert hatte. Allzu gern hätte ich gewusst, was ihr durch den Kopf ging, doch sie wich meinem Blick aus und ihr spitzes Mäusegesicht blieb völlig ausdruckslos.«

Little Kates Gesicht stand mir noch lebhaft vor Augen, und ich glaubte zu verstehen, dass ihr Hass auf Long Kate schon damals ungeheuerlich gewesen sein musste. Andererseits war Long Kate sehr geschickt darin, ihre Rivalin auf subtile Weise so zu beschreiben, dass man ihr jede Untat zutraute, auch wenn sie sich harmlos und fromm gab. Long Kate schien meine Gedanken zu erraten und warf mir einen prüfenden Blick zu. Dann setzte sie ihre Erzählung fort.

»Die letzte Nacht im Hafen von Cowes wollte kein Ende nehmen. An Schlaf war nicht zu denken, dazu war unser Quartier zu eng und zu stickig, und obwohl die meisten Passagiere nun in ihren Kojen lagen, herrschte nicht einen Moment lang Stille. Allein die Gegenwart so vieler seufzender, murmelnder, schnarchender, keuchender Menschen wirkte bedrückend und hinderte mich lange daran, die Augen zu schließen. Little Kate schien besser damit zurechtzukommen. Zumindest atmete sie gleichmäßig neben mir auf der harten Pritsche. Sie machte auf mich einen ungewöhnlich selbstzufriedenen Eindruck, nachdem ich sie in den letzten Tagen und Wochen meist griesgrämig, wütend oder ungeduldig erlebt hatte. Ich dachte an den Strand, die Seeleute und ihre Geschichten von Schiffbruch und Krieg, von den Schrecken des Meeres, aber auch von den Wundern. Wenn sie von ihrem Aberglauben erzählten, vom hilfreichen Klabautermann und vom Gonger, der nach seinem Tod ein letztes Mal seine Familie besucht, taten sie dies mit einem schuldbewussten Ausdruck im Gesicht, als wüssten sie, wie verrückt das alles in meinen Ohren klang. Sie schüttelten oft den Kopf, als könnten sie es selbst kaum glauben, und wirkten gerade deshalb erstaunlich glaubhaft. Doch im dunklen Bauch dieses Schiffes verblasste der Glanz aller Märchen zu der traurigen Ahnung, dass man die wirkliche Welt nicht durch eine bessere und schönere ersetzen konnte.

In dem fensterlosen Frachtraum hätte man den Tagesanbruch versäumt, wenn nicht die Rufe und das Getrampel an Deck auf ihn hingewiesen hätten. Irgendwann öffnete jemand die Luke. Licht und Luft drangen ein, und man hörte nun deutlicher die gebrüllten Befehle des Bootsmanns und den monotonen Singsang der Matrosen, mit dem sie die Ausführung eines jeden Befehls begleiteten. Sie setzten die Segel! Wie gern hätte ich ihnen dabei zugesehen, doch es durften nur wenige Passagiere nacheinander an Deck. Wären alle gleichzeitig nach oben gegangen, hätten sie den Seeleuten die Arbeit unnötig schwer gemacht. So musste ich lange warten, bis ich an die Reihe kam, und wurde mit dem Anblick der Isle of Wight belohnt, die hinter uns die aufgehende Sonne begrüßte und ihre Morgennebel ablegte. Die Insel war bald nur noch ein schmaler Schatten am Horizont, den ich ohne jede Wehmut verschwinden sah. Von nun an wollte ich nur noch nach Westen schauen, wo ein neues, größeres, erfüllteres Leben auf mich wartete. Niemand von uns wollte daran denken, dass es auch anders kommen könnte.

Die ersten Tage auf See schienen unsere Hoffnungen zu bestätigen. Der Kapitän ließ uns mitteilen, wie günstig der Wind sei und wie gut wir vorankamen, obwohl das Meer ringsum und der Himmel über uns immer gleich aussahen. Die Segel wölbten sich in einer strammen Brise, der Bug teilte die schäumenden Wellen und weiße Wolkenfetzen eilten uns voraus, als wollten sie unbedingt vor uns das Gelobte Land erreichen. Dann drehte der Wind, der Himmel verdüsterte sich, kurze, heftige Regenschauer peitschten über das Deck und wir wurden allesamt in den Frachtraum gescheucht. Es war das erste von dreizehn Unwettern, die uns auf unserer Fahrt heimsuchten.

Einen Sturm auf hoher See abzureiten ist schlimm genug, doch unendlich schlimmer ist es, ihn in einem geschlossenen Frachtraum in Gesellschaft von vierhundert fluchenden Männern, weinenden Frauen und schreienden Kindern mitzuerleben. Man spürte und hörte donnernde Schläge gegen die Bordwand, als würde eine Armee menschenfressender Titanen immer wieder blindwütig dagegen anrennen. Man sah kleine Wasserfälle durch die schlecht abgedichteten Luken herabstürzen, wann immer eine hohe Welle das Deck überspülte. Der Boden schwankte unablässig, aber es gab keinen Horizont, an den sich unsere Blicke heften konnten. Die Planken knirschten und kreischten unter dem Druck, als wollten sie jeden Moment bersten. Die Öllampen schaukelten hin und her und warfen ihr mattes Licht auf verzerrte, verängstigte Gesichter und verkrümmte Leiber. Ein Mann geriet in Panik und versuchte an Deck zu gelangen, doch die Matrosen hatten die Luken tatsächlich verriegelt. Uns blieb nichts anderes übrig, als dichtgedrängt in unseren Kojen auszuharren. Ein oder zwei oder drei Tage – unter diesen Bedingungen verlor man das Zeitgefühl – konnten wir nur essen und trinken, was wir zufällig bei uns hatten, denn das leere Süßwasserfass konnte nicht ersetzt und die täglichen Rationen nicht verteilt werden. Aber die meisten fühlten sich sowieso zu elend, um Hunger oder Durst zu verspüren.

Little Kate lag die meiste Zeit reglos da, drückte ihre Bibel an die Brust und sprach selten ein Wort. Ich hatte mich an ihre schroffe Art gewöhnt, ohne sie wirklich für feindselig zu halten, und blieb notgedrungen bei ihr – denn wohin hätte ich sonst gehen sollen? Ich konnte dem Frachtraum nicht entfliehen, und zwischen all den anderen Passagieren blieb nicht genug Platz, um sich ausreichend Bewegung zu verschaffen. Also dämmerte ich vor mich hin, ließ meine Gedanken schweifen und überquerte manches Mal unbewusst die Grenze zwischen Traum und Wirklichkeit.

Der Traum war immer derselbe. Da der Weg nach oben versperrt war, ging ich nach unten, und es schien, als gäbe es unter uns einen zweiten Frachtraum, in dem alles nur noch schlimmer wirkte. Es herrschten weitgehend Dunkelheit, übler Gestank und bedrückende Enge. Ich spürte die Gegenwart zahlloser zusammengepferchter Körper, die nach Krankheit und Tod rochen. Ihr fauliges Fleisch gab nach wie eine überreife Frucht, wenn man es berührte, und es war so still wie in einem Beinhaus. Als ich dem Grauen zu entkommen suchte, gelangte ich in einen dritten Frachtraum unter dem zweiten, wo es völlig finster und luftleer war. Auch hier harrten Menschen aus, dicht gedrängt, schwer atmend, aber unsichtbar. Manchmal hörte man schwere Ketten wie Ankerketten abwärts rasseln. Der Boden unter meinen Füßen war schlammig wie das Feld in Kralingen, und der Morast umklammerte mich, als wollte er mich noch tiefer hinabziehen. Er war so zäh wie das Pech in den Tümpeln dieser Insel, und während ich darin versank, sah ich eine Ewigkeit aus lichtloser Einsamkeit vor mir. Mein ganzer Körper verkrampfte sich vor Angst, und ich erwachte nassgeschwitzt in der engen Koje – mal mit einem erstickten Schrei, mal mit einem dumpfen Stöhnen.«

Als Long Kate die Pechtümpel erwähnte, zuckte ich unwillkürlich zusammen, denn ich erinnerte mich dunkel, schon einmal einen ähnlichen Traum gehabt zu haben. Der Gedanke peinigte mich, zumal ich keine einleuchtende Erklärung für meine heftige Reaktion aufbieten konnte, aber ich schwieg und konzentrierte mich wieder auf Kates Geschichte.

»Der Sturm ging vorüber – irgendwann. Als einer der Matrosen die Luke öffnete und zwei weitere ein neues Fass Trinkwasser heranrollten, glaubten wir, dem sicheren Tod entronnen zu sein und dankten demselben Gott für seine Gnade, den manche eben erst wegen seiner Unbarmherzigkeit verflucht hatten. Doch mussten wir nach ein paar ruhigen Tagen feststellen, dass die Flüche eher Gehör gefunden hatten als die Dankesgebete. Dies schien nicht nur der zweite Sturm zu beweisen, der bald auf den ersten folgte, sondern auch ein rätselhaftes Leiden, das man zunächst mit bloßer Seekrankheit verwechselte. Es erwies sich jedoch als weitaus fataler und befiel vor allem die jüngeren und schwächeren Passagiere.

Die Leidenden wurden von heftigen Krämpfen gepeinigt und konnten weder flüssige noch feste Nahrung bei sich behalten. Krankheit und Not waren uns ständige Begleiter, und es gab kaum eine Familie unter den Passagieren, die nicht bereits einen Todesfall zu beklagen hatte, seit sie ihre Heimat verlassen hatte. Doch die neuartige Seuche, die nun zu grassieren begann, kam über uns wie eine biblische Plage, und niemand wusste, wen sie als Nächsten befallen würde. An den schlimmen Bedingungen im Frachtraum konnte es nicht liegen, denn auch unter den Matrosen gab es erste Fälle, und es hieß, sogar der Kapitän sei erkrankt. Etwas Böses schien das Schiff zu verfolgen, und bald starb das erste Kind. Es war die kleine Mitzi, die ich als altkluge Göre kennengelernt hatte. Ihre Mutter brach kraftlos zusammen, als man den Leichnam mit den üblichen Gebeten über eine Planke ins Meer rutschen ließ. Ich nahm an der Bestattung teil wie alle Passagiere, die nicht zu schwach waren. Dabei hörte ich die Leute hinter meinem Rücken tuscheln. Ich spürte ihre feindseligen Blicke und versuchte, ihnen mit offener Miene und aufrechter Haltung zu begegnen. Doch es half nichts. Aus unerfindlichen Gründen hatte man beschlossen, mir die Schuld an Mitzis frühem Tod in die Schuhe zu schieben.«

Die fünfte Karte:
Die Fünf der Scheiben

Ich sah eine Träne auf Long Kates Wange glitzern. War es die Erinnerung an den Tod des Kindes, die so heftige Gefühle bei ihr auslöste, oder grämte sie sich über ihr eigenes Los? Sie machte auf mich nicht den Eindruck, in Selbstmitleid zu zerfließen, aber ich konnte auch nicht nachvollziehen, warum sie um Mitzi weinte. Dabei wurde mir bewusst, dass ich irgendwann die Fähigkeit zu trauern verloren haben musste, denn während ich den erbarmungswürdigsten Geschichten lauschte, empfand ich nichts als eine verhaltene Neugier. Vielleicht brauchte es mehr, um mein Herz zu berühren, vielleicht fehlte mir das entsprechende Organ sogar ganz. Kates Träne schien mich herauszufordern und anzuklagen: Bist du wirklich so kalt und gefühllos, David van Roon? Es klingt absurd, aber ich stellte mir diese Frage wirklich. Ich wusste, dass mit mir etwas nicht stimmte, fand aber keine Erklärung dafür. Da klafften Lücken in meiner Erinnerung, die mich ratlos machten und die ich unwillkürlich mit haltlosen Befürchtungen auffüllte. Long Kates Worte berührten zweifellos einen wunden Punkt, und ich fragte mich, ob sie eine bestimmte Absicht verfolgte. Ahnte sie oder wusste sie sogar, welche Akzente sie setzen musste, um ans Licht zu holen, was tief in meiner Seele begraben lag?

»Habt Ihr je herausgefunden, was hinter der rätselhaften Krankheit steckte?«, fragte ich, während Long Kate mit gerunzelter Stirn die fünfte Karte aufhob und eingehend betrachtete. Darauf waren fünf Scheiben abgebildet, welche die Spitzen eines auf dem Kopf stehenden Pentagramms bedeckten.

»Seltsam«, sagte die Hellseherin und wich meiner Frage vorläufig aus. »Es fällt mir schwer, diese Karte richtig zu deuten. Sie scheint auf schwere Arbeit und Mühsal hinzuweisen, aber auch auf den gerechten Lohn dafür. Das könnte sich auf das Schiff beziehen, das nun gegen den Wind kreuzte und dabei kaum vorankam; oder auf die Seeleute, die doppelt so hart schuften mussten, da fast die Hälfte der vierzehnköpfigen Crew krank in ihren Kojen lag. Auch auf mich kam harte Arbeit zu, die aber gleichzeitig eine Erlösung darstellte, da sie mich vorübergehend dem abscheulichen Frachtraum entfliehen ließ. Wie ich schon erwähnt habe, war auch Kapitän George Long krank geworden, und als man jemanden brauchte, um ihn in seiner Kajüte zu pflegen, fiel die Wahl auf mich. Ich vermute, dass der alte Matrose Easy dahintersteckte oder mich zumindest empfohlen hatte. Jedenfalls wurde ich einige Tage nach dem zweiten Sturm nach achtern gerufen, und der Maat Arthur Brooks, ein Kahlkopf mit schroffen Manieren und unfreundlichen Zügen, wies mich an, beim Kapitän zu bleiben, ›so lange wie nötig oder bis er krepiert ist‹. Mehr hatte er nicht zu sagen, aber mehr sollte ich wohl auch nicht erfahren. Denn als ich ihn nach der Krankheit fragte, die sich rasend schnell ausgebreitet hatte, starrte er mich nur mit seinen blutunterlaufenen Augen an und murrte: ›Wir haben weder Pillendreher noch Pfaffen an Bord, also muss man sich mit Hexenwerk begnügen.‹

›Ich kann nicht mehr tun, als ihm beizustehen‹, antwortete ich, doch er lachte über meine Bescheidenheit.

›Keine Sorge. Niemand erwartet ein Wunder, aber ich brauche jede gesunde Hand an Deck, um den Pott auf Kurs zu halten. Vielleicht ist es besser so, denn George ist noch grün hinter den Ohren und taugt eher für Schönwetterfahrten auf dem Dorfweiher als für eine Reise wie diese. Einmal Hölle und zurück, wie? Na ja, ruft mich einfach, wenn's mit ihm aus ist.‹

Mit diesen Worten führte er mich zur Kapitänskajüte, tippte kurz an seine Mütze und verschwand. Die Kajüte war eng und nur mit dem Notwendigsten ausgestattet, doch erschien sie mir wie das Paradies im Vergleich zu der stinkenden Hölle des Frachtraums. Der junge, fast knabenhaft aussehende Kapitän lag mit aschfahlem Gesicht in seiner Koje und starrte mit weit aufgerissenen Augen zur Decke. Ich rückte einen Schemel neben die Koje, setzte mich zu ihm und fragte ihn, ob er irgendetwas brauche.

›Das Wasser‹, keuchte er matt. Ich sah mich um und entdeckte einen Waschständer mit einer halbvollen Schüssel Wasser. Meine Erfahrung als Krankenpflegerin erschöpfte sich darin, anderen beim Sterben zugesehen zu haben, aber ich hielt es für sinnvoll, ein Tuch in die Schüssel zu tauchen, um dem Kapitän die fieberheiße Stirn zu kühlen, wie ich es auf einigen Holzschnitten frommer Traktate gesehen hatte. Er ließ es eine Zeitlang über sich ergehen und wies mich dann mit einer kraftlosen Handbewegung ab.

›Es ist das Wasser‹, sagte er schließlich leise, wie im Selbstgespräch. ›Schlechtes Wasser.‹ Dann murmelte er etwas, was ich nicht verstand. Er reagierte nicht auf meine Fragen, also ließ ich ihn in Ruhe. Anscheinend bestand meine Aufgabe nur darin, neben ihm zu hocken wie ein Aasgeier neben einem verletzten Kalb. Mir blieb nichts anderes zu tun, als zu warten. So setzte ich mich an den Seekartentisch vor dem Heckfenster und beschäftigte mich mit meinem Tarot, bis es zu dunkel wurde, um die Bilder erkennen zu können. Dann suchte ich nach einem Feuerstahl, um die Kajütlampe anzuzünden.

In den Abendstunden erschien einer der Matrosen mit

einem Tablett aus der Kombüse. Eine Karaffe Wein und ein Teller mit Pökelfleisch und Kartoffeln. Die übliche Mahlzeit der Schiffsoffiziere, während die gewöhnlichen Seeleute und die Passagiere wohl ihren erbärmlich dünnen Eintopf und wurmstichigen Zwieback bekamen.

George Long verzog das Gesicht und winkte ab, als ich ihm das Essen bringen wollte, aber an dem Wein, den ich ihm in einem Zinnbecher anbot, nippte er gerne. ›Kein Wasser‹, wiederholte er und schien zum ersten Mal zu registrieren, dass eine Fremde über ihn wachte. ›Wer seid Ihr?‹, fragte er und musterte mich verdutzt. Ich hielt es für ein gutes Zeichen, denn seine Neugier schien darauf hinzudeuten, dass seine Lebensgeister nicht gänzlich erloschen waren. Also erzählte ich in einfachen Worten von mir und meiner Mutter, von unserer Reise nach Rotterdam und den langen Wochen und Monaten in Kralingen. Bevor ich dazu kam, die Zustände im Frachtraum zu beschreiben, war er eingeschlafen. Sein Abendessen war längst kalt geworden, aber ich bediente mich ohne Scheu und aß den Teller leer. Der Maat hatte sich nicht die Mühe gemacht, mir ebenfalls eine Mahlzeit bringen zu lassen. Während ich die Karaffe leerte, dachte ich daran, wie der Kapitän vor dem Wasser gewarnt hatte. Hatte ihn jemand vergiftet? Konnte der ganze Trinkwasservorrat verdorben sein – nur ein oder zwei Wochen nach unserer Abfahrt? Ein erschreckender Gedanke. Ich konnte nicht glauben, dass man von brackigem Wasser so krank werden konnte.

Da Kapitän Long fest schlief, beschloss ich, das Tablett zurück in die Kombüse zu bringen. Ich hoffte, Easy zu treffen, der sein Quartier bei den anderen Matrosen in einer Rundhütte an Deck hatte, solange im Frachtraum und im Vorschiff Passagiere untergebracht waren. Vielleicht konnte mir der alte Seemann die rätselhafte Andeutung des Kapitäns erklären. Auf der Kajütstreppe stieß ich lediglich auf Pierre, der eine Kabine im Achterdeck mit dem Maat Arthur Brooks teilte. Pierres Gesicht wirkte im dunklen Kajütgang noch bleicher als sonst, als würde es von kaltem Mondlicht beschienen, und seine hellblauen Augen musterten mich spöttisch – aber womöglich bildete ich mir das alles nur ein, denn die an der Decke schaukelnde Öllampe glimmte nur schwach, und unter diesen Bedingungen war es schwierig, irgendwelche Details zu erkennen. Seine Stimme klang jedenfalls so, als würde er keines seiner höflichen Worte wirklich ernst meinen: ›Darf ich fragen, wie es Kapitän Long geht? Und wie ist Euer wertes Befinden?‹, sagte er auf Deutsch.

›Ich befinde mich wohl‹, erwiderte ich in demselben hochgestochenen Ton, der jedes Wort als hohle Floskel entlarvte. ›Und der Kapitän schläft. Das wird ihm bestimmt guttun.‹

›Gewiss‹, sagte er schließlich mit hochgezogenen Brauen, als hätte er mit einer ausführlichen Antwort gerechnet. Ich wollte ihn nach dem Wasser fragen, aber mein Misstrauen gegenüber diesem Mann hatte seit unserem letzten Gespräch in Cowes Wurzeln geschlagen, also wählte ich ein weniger heikles Thema.

›Ob wir gut vorankommen? Ei, freilich. Nur ist die Richtung leider die falsche. Eine Meile vor, zwei Meilen zurück. Wenn das so weitergeht, wäre ich zu Fuß schneller in Charleston.‹

›Bei Eurer Familie?‹

›Wie man's nimmt. An Verwandtschaft hat's bei mir noch nie gemangelt. Aber was tut's. In meinem Haus sind viele Zimmer, so sagt man doch? Auch für Euch, wenn Ihr nicht wisst wohin. Ihr seid doch mutterseelenallein auf der Welt, nicht wahr, und wir werden uns bestimmt rasch handelseinig.‹

Vielleicht meinte er es sogar ehrlich, aber in meinen Ohren klang das Angebot keineswegs nach christlicher Nächstenliebe, zumal er sich beim Sprechen ständig die

Lippen leckte. Pierre, wenn das überhaupt sein richtiger Name war, widerte mich an. Dabei waren es seine Geschichten gewesen, die mich anfangs überzeugt und letztlich auf dieses Schiff gebracht hatten.

›Habt Dank, ich will es mir überlegen‹, antwortete ich ausweichend.

›Aber ja doch, gewiss. Das will reiflich überlegt sein, aber ihr jungen Leute solltet Euch nicht ständig den Kopf zerbrechen. Schließlich ist eine falsche Entscheidung besser als gar keine, nicht wahr?‹ Er lachte kurz über seine Binsenweisheit und berührte höflich seine Mütze, bevor er in seiner Kabine verschwand.

In der Kombüse nahm mir der Schiffskoch das Tablett ab und gab mir mit einem Wink zu verstehen, dass ich in seinem Reich nichts zu suchen hatte. Der Mann war nicht besonders redselig und roch wie ein ungewaschener Schiffbrüchiger, der sich wochenlang ausschließlich von rohen Zwiebeln ernährt hat. Der Mund war unnötig breit, die Ohren standen weit ab und das schwarze, aus der wulstigen Stirn gekämmte Haar glänzte ölig. Der Anblick weckte bei mir das dringende Bedürfnis, an Deck zu gehen und frische Luft zu schnappen, aber ich kam nicht weit und erhaschte nur einen kurzen Blick auf regenschwere Wolken und bedrohliches Wetterleuchten am abendlichen Horizont, ehe man mich mit barschen Worten verjagte. Offensichtlich wurde das Schiff gerade auf einen weiteren Sturm vorbereitet, und die Passagiere mussten in ihren Quartieren bleiben.

Ich kehrte zurück in die Kajüte. Kapitän Long war wach und starrte mich mit trüben Augen an. Ein übler Gestank drang aus seiner Koje, und ich holte erneut die Waschschüssel, um den Kranken einigermaßen zu säubern. Zunächst ließ er es wortlos über sich ergehen, doch dann begann er plötzlich zu fluchen und verlangte nach einer Pistole, damit er seinem Leiden selbst ein Ende setzen könne. Er schämte sich wohl seiner Schwäche und Hilflosigkeit, gab sich aber bald wieder Mühe, gefasst zu erscheinen, wie es seinem hohen Rang geziemte. Sein Verstand klärte sich vorübergehend genug, um ein paar Worte mit mir zu wechseln. Er bat mich um etwas Wein und ließ mich das Heckfenster öffnen.

›Das Wasser. Es muss am Wasser liegen!‹

›Ja, es ist brackig und stinkt. Habt Ihr in Cowes denn kein frisches Trinkwasser aufgenommen?‹

›Haben wir … Natürlich. Sie müssen es in alte Weinfässer gefüllt haben, die Gauner. Bestellt habe ich ausdrücklich neue Fässer, und ich habe auch den entsprechenden Preis gezahlt. Da wollte jemand ein gutes Geschäft machen und hat alte Fässer als neue verkauft. Zur Hölle mit diesem Judas!‹

Kapitän Longs Wangen röteten sich vor Zorn, wurden jedoch bald wieder totenbleich. Er fiel zurück auf das Kissen und atmete schwer. Ich musste an all die Menschen im Frachtraum denken, die ebenfalls von dem schlechten Wasser getrunken hatten. Viele, aber nicht alle waren ebenso krank wie der Kapitän oder noch schlimmer dran. Wegen der häufigen Unwetter hatten wir selten Gelegenheit gehabt, das Wasser abzukochen, und ich bekam ein mulmiges Gefühl in der Magengegend, wenn ich daran dachte, wie viel ich selbst davon getrunken hatte. ›Es können nicht alle Wasservorräte verdorben sein‹, sagte ich. ›Unmöglich. Oder sollen wir alle Meerwasser trinken, bis wir die Küste erreichen?‹

›Redet mit Brooks. Er muss wissen, was zu tun ist.‹

Ich wollte sofort aufstehen, aber er umklammerte mein Handgelenk und wollte mich nicht gehen lassen. ›Nicht jetzt. Bitte. Schließt das Fenster, bleibt bei mir. Wartet, bis der Sturm nachlässt.‹

Also blieb ich die ganze Nacht in seiner Nähe. Die gleichmäßige Bewegung des Schiffs lullte mich ein. Hin und wieder riss mich der Kapitän aus meinem Dämmerzustand, indem er sich plötzlich aufsetzte und mehr Wein verlangte. Doch meist lag er nur teilnahmslos da oder führte unverständliche Selbstgespräche, als stünde er beim Kompasshäuschen und gäbe dem Steuermann Anweisungen wie ›Ruder hart Backbord‹ oder ›Drei Strich Steuerbord‹. Manchmal schien er mich im Fieberwahn mit seiner Frau zu verwechseln. ›Mach dir mal keine Sorgen, Sally, ich bin bald wieder zu Hause‹, murmelte er. ›Tante Ruth hilft dir mit dem Kleinen. Sie meint es gut und kennt sich aus in solchen Dingen … Komm lieber rein. Es sieht nach Regen aus, das spür ich in den Knochen, vertrau einem alten Seemann … Na ja, meinetwegen auch einem jungen …‹

Als der Tag anbrach und kühles graues Licht durch die Heckfenster drang, hatte ich das eigenartige Gefühl, Kapitän Long seit langem zu kennen. Auch wenn er nur zusammenhanglose Satzfetzen von sich gab, ließen sie mich auf gewisse Weise an seinem Leben teilhaben, indem sie meine Phantasie weckten und Bilder heraufbeschworen, die mir ebenso fremd wie vertraut vorkamen: ein Häuschen an der Küste, eine junge Frau, die Wäsche aufhängt, ein Kind in der Wiege. Es hätte meine Welt sein können, so wie ich sie mir erträumt hatte. Eine Familie, ein Ort, wo mich niemand herumkommandierte, ein paar Sonnenstrahlen, die nur auf mich und sonst niemanden fielen. Für dich sind es wohl lächerlich kleine Dinge, die einem einfach so in den Schoß fallen, ohne dass man sich lange danach sehnen muss. Für mich ist selbst diese baufällige Hütte ein Wunder.«

Long Kate meinte das offenbar ernst, aber mir fiel es schwer nachzuvollziehen, was so großartig daran sein mochte, in einer windschiefen Bruchbude auf einer abgelegenen, recht kargen Insel zu leben und Sklavenkinder auf die Welt zu bringen. Ich hätte meinem einsamen Wanderleben auf jeden Fall den Vorzug gegeben. Das redete ich mir zumindest ein, doch plötzlich sah ich das Gesicht einer jungen Frau vor mir, und ihre vorwurfsvollen Blicke ließen meine Selbstsicherheit bröckeln und in sich zusammenfallen. Es war Alba Ray, die ich so gerne im Haus ihres Vaters angetroffen und wiedergesehen hätte. Dass ich mich nun wieder so deutlich an sie erinnerte, musste ein Zufall sein. Dennoch versetzte es mir einen Stich, an sie zu denken, und ich fragte mich, wie viel sie mir damals, während jener endlosen Wochen und Monate auf Block Island, wirklich bedeutet hatte. Ich wusste darauf keine Antwort und empfand lediglich eine Mischung aus Ratlosigkeit und Kummer, wie beim Blick in einen tiefen, dunklen Brunnenschacht, in dem irgendwann eine wertvolle Perle verloren ging.

»Habt Ihr den Maat auf das verdorbene Wasser hingewiesen?«, fragte ich Kate, um das lebendige Bild von Alba, das den dunklen Grund meiner Seele aufwühlte, aus dem Kopf zu vertreiben.

»Ich versuchte gleich am nächsten Morgen mit Arthur Brooks zu sprechen. Der Sturm war etwas abgeflaut, doch der Seegang blieb nach wie vor stark. Trotzdem hatten sich die Matrosen und etwa zwei Dutzend Passagiere an Deck versammelt, um jene der See zu übergeben, die während der Nacht gestorben waren. Drei in Segeltuch genähte Leichen lagen aufgebahrt auf den Planken. Der Maat las einige Verse aus der Bibel, dann nahmen die Männer ihre Mützen ab und zwei von ihnen hoben die Planken nacheinander an, so dass die Toten abrutschten und wie übergroße Kartoffelsäcke ins Meer fielen. Ich hatte dasselbe schon bei Mitzis Bestattung mitangesehen, doch diesmal sprachen die Gesichter der Trauernden nicht von Schmerz und Verlust, sondern von Erschöpfung und Furcht. Jeder schien damit zu rechnen, der Nächste zu sein. Todesfälle waren zwar nicht ungewöhnlich auf einer solchen Reise, aber nun schien es, als sei der Schnitter persönlich an Bord gekommen, um die Ernte einzufahren. Little Kate, die ebenfalls an Deck war, erzählte mir mit bitterer, abweisender Miene, dass unten im Frachtraum viele krank in den Kojen lagen. Es sei nur eine Frage der Zeit, bis weitere starben.

Als ich das verdorbene Wasser in den alten Weinfässern erwähnte, sah sie mich zweifelnd, fast ein wenig mitleidig an, bevor sie mich auf ihre überhebliche Art zurechtwies: ›Nein, es ist nicht das Wasser, es sind wir, die wir vom rechten Weg abgekommen sind. Gott straft die Leichtgläubigen.‹

Ich verlor die Geduld mit ihren frommen Phrasen und ihrer Arroganz. ›Du meinst wohl die Leichtsinnigen? Die ihr Wasser nicht abkocht?‹

›Wenn es am Wasser liegen würde, wären wir ja wohl alle krank geworden, nicht wahr?‹, sagte Little Kate hochmütig. Oder ist scheinheilig das treffende Wort? ›Der Herr trennt die Spreu vom Weizen!‹, mahnte sie mit erhobenem Zeigefinger. Von mir würde sie keine Warnungen annehmen, das war mir klar, nicht einmal wenn ich sie schön verpackte und ein rosa Schleifchen drum herumwickelte. Also ließ ich sie einfach stehen, um mit dem Maat zu sprechen.

›Kapitän Long redet doch nur wirres Zeug‹, murrte Brooks, ohne mir in die Augen zu sehen. ›Ihm ist das Fieber zu Kopf gestiegen, da bildet er sich allerhand ein. Außerdem ist er ein Grünschnabel, viel zu jung und unerfahren für solch einen Posten. Die Hopes haben ihn direkt von der Mutterbrust gepflückt und zum Käpt'n befördert. So machen das die knausrigen Erbsenzähler, die jeden müden Penny dreimal umdrehen. Aber auch wenn das Wasser wirklich schlecht wär, wir können nicht drauf verzichten. Was soll ich den vierhundert Deutschen sagen, wenn das Trinkwasser nur für hundert oder weniger reicht und wir noch mindestens vier Wochen Fahrt vor uns haben?‹

›Vielleicht sind ja nicht alle Fässer betroffen‹, schlug ich vor. ›Wir müssen nachsehen und die guten von den schlechten trennen. Außerdem könnte man saubere leere Fässer an Deck aufstellen, um den Regen aufzufangen. Bis heute hat es ja fast jeden Tag geregnet.‹

Brooks kratzte sich am Hinterkopf. Dabei wirkte er eher ärgerlich und verlegen als nachdenklich. ›Danke, Miss. Ihr meint es gut, aber ich weiß schon, was ich tue. Ich fahre zur See, seit ich laufen kann, und hab schon Schlimmeres getrunken als brackiges Wasser. Kümmert Euch lieber um George und versucht nicht, mir ins Handwerk zu pfuschen.‹

Mehr hatte er nicht zu sagen. Auch nicht am darauffolgenden Tag, als vier Leichen über die Planken rutschten, und auch nicht einige Tage später, als das Segeltuch zur Neige ging und man die ausgemergelten Körper nackt über Bord warf. Die Verse, die der Maat dabei aus der Bibel vorlas, schienen immer kürzer zu werden, bis er dazu überging, das Bestattungsritual auf einen einzigen Satz zu reduzieren: ›Gott möge deiner Seele und uns allen gnädig sein!‹«

Die sechste Karte:
Der Turm

»Diese Karte erzählt von höchster Gefahr und plötzlichem Tod«, sagte Long Kate. »Manche nennen sie das Haus Gottes, doch der hebräische Buchstabe *Pe* bezieht sich auf Mars, den Gott des Krieges.« Das Bild zeigte einen brennenden, einstürzenden Turm unter dem Symbol eines alles sehenden Auges, flankiert von einer Schlange und einer Taube. »Es kann sich natürlich auch um einen rein spirituellen Tod handeln, aus dem neues Leben hervorgeht. Als ich damals die Karten für den jungen Kapitän legte, war der Turm die letzte Karte – nicht nur einmal, sondern jedes Mal! Ich traute dem Ergebnis nicht, doch immer, wenn ich die Karten neu mischte und auslegte, zog ich am Ende den Turm. Seither weiß ich, dass es nicht meine Hand ist, die die Karten legt.

Kapitän Long war zum Tode verurteilt. Er musste es geahnt haben, denn manchmal schrie er verzweifelt gegen sein Schicksal an, dann wieder nahm er es erschöpft hin und sprach stockend von einer besseren Welt, die auf ihn wartete. Ich tat dennoch, was ich konnte, um den Schatten zurückzuhalten, der ihn bedrängte. Meine Mutter hatte mich viele Heilsprüche gelehrt, und ich wurde nicht müde, sie aufzusagen, auch wenn die meisten sich auf kranke Nutztiere bezogen. Er lächelte matt über diese Sprüche, wenn er einen halbwegs klaren Kopf hatte, auch wenn er kein Deutsch verstand. Selbst dann nannte er mich Sally, als wollte er an der schönen Illusion festhalten, dass seine Frau bei ihm war, obwohl er wohl längst mitbekommen hatte, dass eine Fremde ihn pflegte. ›Sally, was soll das denn bedeuten?‹, sagte er. ›Was soll dieser Unfug? Hör auf zu quasseln und leg deine Hand auf meine Stirn. So kühl … Also gut, wir drehen bei. Es macht ja doch keinen Sinn, ewig gegen den Wind zu kreuzen. Wir fahren nach Hause …‹

Ich kann nicht sagen, wie lange das so weiterging. Als er schließlich mit weit aufgerissenen Augen nach Luft schnappte und sein Leben aushauchte, waren viele Tage vergangen. Wir hatten zwei oder drei weitere Stürme abgeritten, aber unserem Ziel waren wir nicht viel näher gekommen. Eigentlich hätten wir längst die amerikanische Küste erreichen müssen, doch mit jeder Woche, die verstrich, ohne dass wir Land sichteten, wurden die Unwetter heftiger und statt Regen fiel häufig Hagel und sogar Schnee. Als ich das Kajütfenster öffnete, damit die Seele des Toten entweichen konnte, wie es in der alten Heimat Brauch war, füllte sich der enge Raum rasch mit feuchtkalter Winterluft, die mich frösteln ließ.

Mir graute davor, zurück in den Frachtraum geschickt zu werden, also zögerte ich, den Tod des Kapitäns zu melden. Zwar musste ich neben dem Totenbett auf dem Boden schlafen, aber das war ein geringer Preis dafür, alleine zu sein und eine bessere Verpflegung zu bekommen als den abscheulichen Fraß, den man den Passagieren vorsetzte. Der Matrose, der täglich das Essen brachte, warf immer nur einen kurzen Blick auf die Koje und fragte in einem eher gleichgültigen Ton: ›Na, wie geht's dem Käpt'n?‹

›Leise! Er schläft!‹, lautete stets meine Antwort, die auf gewisse Weise der Wahrheit entsprach. Nur würde er nie wieder aufwachen. Seine Gesichtszüge wirkten so friedlich und entspannt, dass ich ihn fast beneidete. Doch er strahlte auch eine Leere und Kälte aus, die mir Unbehagen bereitete. Ich musste unentwegt an Sally denken, von der er so oft und so liebevoll gesprochen hatte. Ob sie von alledem nichts ahnte oder den Verlust tief im Herzen spürte? Menschen sind auf unbegreifliche Weise verbunden, auch wenn sie meilenweit voneinander entfernt sind. Ich sehnte mich danach, eine solche Verbundenheit zu spüren, aber damals spürte ich nur eine schäbige Angst, meine Privilegien zu verlieren. Also harrte ich in der Kajüte aus und versuchte, nicht an die notwendige Offenbarung zu denken.

Natürlich konnte das nicht lange so weitergehen. Am dritten Tag beschloss ich, den Maat zu informieren. Ich wollte gerade an Deck gehen, da klopfte es an die Tür und Pierre trat ein. ›Ist der Käpt'n wohlauf?‹, fragte er, der dem Kranken zu Lebzeiten nie einen Besuch abgestattet hatte.

›Nein … Er starb letzte Nacht. Ich habe den Leichnam gewaschen und auf die Bestattung vorbereitet. Jetzt wollte ich den Maat informieren.‹

Pierre lächelte kühl und ließ den Blick aufmerksam durch die Kajüte schweifen, als suchte er etwas Bestimmtes. ›Meiner Treu! Ist dem so?‹ Er schien zu zwinkern, als wüsste er längst Bescheid. Dann kniete er neben der Koje und legte dem Toten die Hand auf. ›Der Arme ist wirklich tot … Kalt wie Marmor. Nun, dann liegt die Entscheidung bei Mr. Brooks.‹

›Welche Entscheidung? Was meint Ihr?‹

›Ob wir umkehren sollen. Wir sind jetzt sechs Wochen auf See und haben nicht einmal die halbe Strecke hinter uns gebracht. Das Wetter ist gegen uns und unsere Vorräte gehen zur Neige. Selbst wenn unsere braven Leute weiter so eifrig auf die Nachtseite wechseln wie bisher, sind immer noch genug hungrige Mäuler zu stopfen. Brooks will weiter gegen den Wind kreuzen, aber Kapitän Long hätte die Umkehr befehlen können.‹

Ich erinnerte mich an etwas, das der Kapitän im Fieber

gesagt hatte. ›Ja, gewiss. Er wollte umkehren. Er sprach immer wieder davon, als wäre es unsere letzte Chance.‹

Pierre winkte ab. ›Das hat jetzt nichts mehr zu bedeuten. Brooks hat das Kommando, und er ist ein alter Dickschädel.‹

›Wie steht Ihr dazu? Würdet Ihr die Überfahrt aufgeben?‹ Ich glaubte, dass er darauf hinauswollte und gern ein Machtwort des Kapitäns genutzt hätte. Doch er grinste nur schief und ging zum Kartentisch, auf dem mein Tarot neben einer aufgerollten Seekarte lag.

›Was sagen denn Eure schwarzen Künste dazu? Benutzt Ihr keinen Tarot de Marseille?‹, fragte er, den ausgelegten Lebensbaum mit Kennerblick betrachtend. Diesmal hörte ich keinen ironischen Unterton heraus, aber ich zweifelte trotzdem daran, dass er ernsthaftes Interesse zeigte.

›Nein, diese Karten sind viel, viel älter. Seit ich mich um den Kapitän kümmere, zeigen sie nichts Gutes. Der Turm erscheint unheimlich oft, aber ich weiß nicht, ob er nur einem von uns oder dem ganzen Schiff den Untergang prophezeit. Beide Entscheidungen – umkehren oder weitersegeln – können schlimme Folgen haben.‹

›Gewiss. Beides ist riskant, zumal wir die halbe Strecke hinter uns gebracht haben. Aber Ihr wollt um jeden Preis Euer Ziel erreichen, nicht wahr? Das Land, wo Milch und Honig fließen? Das Land, von dem ich Euch erzählt habe?‹

Ich nickte zögernd. Obwohl ich mir eigentlich meiner Sache sicher war, machte mich die Art, wie er seine Frage betonte, stutzig. Um jeden Preis?

Er lächelte nachsichtig, fast mitleidig. ›Verzeiht mir meine Neugier, Fräulein Katrina. Ich bin Geschäftsmann durch und durch, und es überrascht mich jedes Mal aufs Neue, wie wenig Menschen auf den Preis achten, wenn sie etwas haben wollen. Es amüsiert mich, aber ich halte es in dieser Hinsicht ja auch nicht viel anders. Leider. Habt Ihr übrigens über mein Angebot nachgedacht?‹

Mir war nicht bewusst, dass er ein Angebot gemacht hatte, abgesehen von einer vagen Anspielung auf ein Haus in Charleston, das ein Arbeitshaus sein mochte oder sogar ein Bordell. Pierres Augen funkelten vieldeutig. ›Nein‹, rief ich entschlossen, da mir beides zuwider war und ich nicht mit einer dritten, besseren Variante rechnete. ›Ich habe doch schon einen Vertrag, um die Überfahrt abzuarbeiten. Ihr habt ihn mir selbst vermittelt.‹ Er kniff die Augen zusammen, doch hätte ich nicht sagen können, ob sein bleiches Gesicht Enttäuschung oder sogar Wut zum Ausdruck brachte. Seine Stimme ließ keine Gefühle erkennen: ›Gut … Dann sollten wir jetzt Mr. Brooks informieren. Für ihn ist es wohl ein Freudentag, denn er hat den armen George gehasst wie die Pest.‹

Die sterblichen Überreste von Kapitän George Long wurden am nächsten Morgen nach einem sehr kurzen Gebet der See übergeben, zusammen mit den Leichen von fünf Passagieren und einem Matrosen, die vermutlich derselben Krankheit erlegen waren. Von den alten Weinfässern, die für das Lagern von Trinkwasser ungeeignet waren, sprach niemand, aber ich stellte fest, dass der Maat inzwischen überall auf Deck leere Fässchen und andere Behälter hatte aufstellen lassen, um Regenwasser zu sammeln. Für über hundert Männer, Frauen und Kinder kam die Aktion freilich zu spät, und viele weitere litten nach wie vor an Krämpfen und hohem Fieber.

Arthur Brooks wandte sich nach der Bestattung an die versammelten Matrosen und Passagiere und verkündete, das Kommando über die *Princess Augusta* offiziell zu übernehmen. ›Wir können unseren Zeitplan nicht einhalten‹, sagte er. ›Aber wir sind schon zu weit gekommen, um jetzt beizudrehen, auch wenn die Bedingungen ungünstig sind. Jetzt heißt es Zähne zusammenbeißen und durchhalten. Es könnte knapp werden, das ist euch allen klar, aber wenn wir die Vorräte rationieren, schaffen wir's.‹

›Was soll das heißen – rationieren?‹, rief einer der Passagiere, ein bulliger Kerl mit rotem Gesicht. ›Wir haben für die Verpflegung bezahlt! Wir haben ein Recht darauf!‹ Einige andere schlossen sich dem lautstarken Protest an, doch der Maat wartete lediglich mit unbewegter Miene, bis wieder Ruhe eingekehrt war.

›Das ist mein Schiff. Ich gebe die Befehle. Wenn wir die Vorräte nicht rationieren, werden wir in einer Woche unsere Stiefel essen, und zwar ohne Salz und Soße, ist das klar?‹ Pierre stand neben Brooks und übersetzte dessen Worte ins Deutsche, damit die Passagiere alles verstanden. ›Wem der Magen knurrt, soll gefälligst den Gürtel enger schnallen. Aber ich bin kein Unmensch. Wer mehr braucht als die tägliche Ration, kann etwas kaufen. Wendet euch an Mr. Pierre. Er stellt eine Preisliste zusammen, die täglich aktualisiert wird. Schlimmstenfalls sind wir weitere sechs Wochen auf See, also überlegt es euch gut, bevor ihr Geld für Proviant ausgebt. Jedes Stückchen Zwieback, das ihr heute verzehrt, werdet ihr morgen vermissen, und übermorgen werdet ihr den Herrgott um einen letzten schimmligen Krümel anflehen.‹

Nachdem Pierre übersetzt hatte, erhob sich neues Protestgeschrei, doch Brooks ließ sich nicht dazu herab, darauf zu antworten, und ging nach achtern. Jeder wusste, dass es ein übles Schurkenstück war, von den Auswanderern Geld für Lebensmittel zu verlangen, aber so wie es der Maat formuliert hatte, schien er es als legitimes Mittel auszugeben, um den sparsamen Umgang mit knappen Vorräten zu fördern. Die Notlage war für ihn eine gute Gelegenheit, sich die Taschen zu füllen. Ob die Passagiere dabei mitspielen würden, war eine andere Frage. Ich sah so viele wütende Gesichter, dass ich mit Widerstand und Aufruhr rechnete, doch niemand war bereit, als Sprachrohr des wachsenden Zorns aufzutreten, nicht einmal der Mann mit dem roten Gesicht, der als Erster aufbegehrt hatte. Natürlich waren wir alle abhängig von Brooks und seiner Crew, denn niemand sonst hätte das Schiff auf Kurs halten oder bei Sturm manövrieren können. Darum verhallte der wütende Protest zu einem wirkungslosen Murren.

Im Frachtraum, in den ich nun wieder hinabsteigen musste, herrschte eine gereizte Stimmung. Jede Familie hatte Angehörige verloren, und selbst jene, die nicht sterbenskrank waren, wirkten blass, erschöpft und griesgrämig. Viele litten unter geschwollenem Zahnfleisch und Zahnausfall und ihr Atem stank wie eine Jauchegrube. Die jungen Burschen gerieten wegen jeder Kleinigkeit in Streit, aber sie hatten nicht mehr die Energie, ihre Streitigkeiten mit den Fäusten zu regeln, wie sie es früher meist getan hatten. Die wenigen überlebenden Kinder schlichen umher wie Schatten oder lagen reglos zusammengerollt in den Kojen. Manche waren in den letzten Wochen Waisen geworden, und diese scharten sich um Little Kate, die ihnen Geschichten erzählte oder aus der Bibel vorlas. Ihre Stimme strahlte eine Ruhe und Selbstsicherheit aus, die auf die Kleinen wohl anziehend wirkte, und auch die Älteren hörten ihr aufmerksam zu.

Mir gegenüber verhielt sich Little Kate so schroff und gleichgültig wie zuvor, und die anderen Passagiere schienen sich diese Haltung abzuschauen. Niemand zeigte offen Hass und Verachtung, aber man gab mir oft mit einem Schulterzucken oder einem Seitenblick zu verstehen, dass ich nicht dazugehörte. Sie tuschelten, wenn sie glaubten, ich wäre außer Hörweite, und einmal fragte jemand dreist, auf welche Weise ich dem Kapitän zu Diensten gewesen sei und warum er es nicht überlebt habe.

Was sollte ich tun? Ich blieb bei Little Kate und den Kindern, obwohl die Erstgenannte mich meist unfreundlich behandelte und die Letztgenannten sich vor mir fürchteten. Sie hielten mich immer noch für eine waschechte Hexe, auch wenn sie das nicht so offen aussprachen wie die arme kleine Mitzi. Also hielt ich Abstand, wenn ich in ihrer Nähe hockte, Little Kates frommen Vorträgen lauschte und die Reaktionen der Kinder beobachtete. Ihre hungrigen Augen hefteten sich auf die junge Frau, als wären ihre Worte Brot, aber sie lachten nicht und lächelten nie. Sie suchten nach Sinn in all dem unverständlichen Leid, und Little Kate bemühte sich, ihre Fragen aufrichtig zu beantworten.

›Weißt du echt, dass Mama im Himmel ist?‹, fragte Hans, ein schmächtiges Kerlchen mit struppigem Haar, der neben seinen kleinen Schwestern Zenzi und Mara hockte, die jämmerlich zitterten und an ihren Fingernägeln kauten.

›Ja, gewiss, denn dort dürfen alle sein, die ein reines Herz haben.‹

›Aber warum haben die Matrosen sie dann ins Meer geworfen?‹ Die Frage klang vorwurfsvoll und trotzig, aber Little Kate hatte sofort eine Antwort parat.

›Hast du denn noch nie die Sonne aus dem Meer aufsteigen sehen? Die armen Seelen, die man frühmorgens dem Meer übergibt, halten sich an der Sonne fest, steigen höher und höher und kommen so in den Himmel.‹

Hans dachte lange über diese Behauptung nach, dann runzelte er ernst die Stirn. ›Ganz sicher?‹

›Ehrenwort!‹, sagte Little Kate in einem seltsam triumphierenden Tonfall. Ihre nette kleine Geschichte war ja auch wirklich tröstlich, zumindest für mein Verständnis. Was die Kinder dabei empfanden, blieb uns verschlossen. Erst am folgenden Tag begriffen wir, was ein paar harmlose und gut gemeinte Worte bewirken können.

Hans, Zenzi und Mara waren verschwunden. Niemand hatte sie seit dem Vorabend gesehen, und im Frachtraum gab es keine Spur von ihnen. Little Kate und ich gingen an Deck, um nach ihnen zu suchen. Es war ein kalter, klarer Morgen. Achtern stieg eine blasse Wintersonne aus dem grauen Meer, und ein raumer Wind füllte die Segel. Das Steuerrad hinter dem Kompasshäuschen war mit einem Tau festgezurrt, der Steuermann nicht zu sehen. Als wir zum Achterdeck hinaufstiegen, sahen wir ihn an der Heckreling. Es war Easy. Er hielt einen kleinen, heftig zappelnden Jungen fest umklammert – Hans. Wir liefen hin, um zu helfen.

›Nehmt mir den Bengel ab und lasst ihn nicht los!‹ Dann sprang er mit einem Satz zur Reling und schaute hinunter auf das Kielwasser. Gleich darauf kehrte er mit versteinerter Miene zurück. ›Zu spät‹, sagte er. ›Nichts zu machen. Wir können nicht beidrehen. Das würde zu lange dauern. Sie sind verloren …‹

Ich starrte ihn verständnislos an, während Little Kate auf Hans einredete. ›Der Junge hat zwei Kinder über Bord geworfen, ehe ich begriff, was los war‹, erklärte Easy. ›Dann wollte er hinterher, aber ich habe ihn gerade noch erwischt.‹

Hans strampelte in Little Kates Armen. ›Lass mich! Lass mich!‹, kreischte er unaufhörlich. ›Die Sonne geht auf! Die Sonne!‹«

Die siebte Karte:

Der Ritter der Stäbe

Long Kate schwieg, um mir Zeit zu geben, das entsetzliche Bild zu verarbeiten, das sie soeben mit wenigen, aber wirkungsvollen Strichen skizziert hatte. Es schien perfekt zu der Bedeutung der sechsten Tarotkarte zu passen. Zu perfekt, dachte ich skeptisch, als ich gründlich darüber nachdachte. Die Vorstellung, dass die Hellseherin eine bestimmte Absicht verfolgte, dämpfte die Wirkung ihrer Erzählung. Wollte sie mich schockieren? Oder eine ebenso schreckliche Erinnerung in mir wachrufen? Falls ja, reagierte ich völlig falsch, denn der absurde Tod der kleinen Mädchen bewegte mich weniger als die Schreie des Jungen, der sich zu seiner irrsinnigen Tat bekannte. Unwillkürlich dachte ich an Mad Dodge, meinen verrückten Freund, der zweifellos fähig gewesen wäre, einen Mord zu begehen und ihn als schlichte Notwendigkeit zu rechtfertigen. Plötzlich sah ich sein kumpelhaftes Grinsen vor mir und schüttelte heftig den Kopf, um dieses Bild zurück in den Schatten zu drängen.

»Was ist mit Hans geschehen? Was habt ihr mit ihm gemacht?«, fragte ich Long Kate.

»Er begann zu weinen und konnte nicht damit aufhören. Doch weinte er nicht um seine Schwestern, sondern weil er ihnen nicht folgen konnte. Man musste ihn fesseln und im Frachtraum festbinden, damit er nicht flüchtete und über Bord sprang. Als ich nach ihm sah, war er völlig apathisch und wollte weder essen noch trinken. Little Kate fühlte sich für ihn verantwortlich und kümmerte sich um ihn, doch er wandte sich von ihr ab und schrie wie am Spieß, wenn sie ihm zu nahe kam.«

Long Kate seufzte tief und wischte eine Träne fort, ehe sie auf die nächste Karte deutete. Das Bild zeigte einen Ritter mit einer brennenden Fackel auf einem schwarzen Ross, das aus lodernden Flammen hervorspringt. »Der Ritter der Stäbe ist wild und ungestüm, aber auch grausam und brutal. In Verbindung mit der vorigen Karte ist er ein großer Heuchler. Jemand, der sich als Wohltäter ausgibt, aber keinerlei Mitgefühl besitzt.«

»Ist damit eine bestimmte Person gemeint?«

»Möglicherweise. Aber es könnte sich auch auf eine Situation beziehen, in der jeder nur das eigene Wohl im Sinn hat, und das traf sicher auf so gut wie alle zu, die an Bord der *Princess Augusta* um ihr Leben bangten. Widrige Winde hatten uns zu lange aufgehalten. Nun war der November schon viele Tage alt und wir befanden uns immer noch mitten auf dem weiten Atlantik. Winterstürme drohten, und nur sieben Mann der Besatzung waren übriggeblieben, um das Schiff durch die aufgewühlte See zu manövrieren. Kälte und Nässe machten uns zu schaffen. Wir litten Hunger und Durst, weil die Vorräte immer strenger rationiert werden mussten, damit sie für ein paar weitere Wochen reichten. Wer noch Geld übrighatte, kaufte Brooks etwas ab, doch die Preise, die Pierre für Luxusartikel aus dem Privatbesitz des Kapitäns wie Dörrobst oder einen Teelöffel Zucker ausschrieb und fast täglich erhöhte, konnte sich bald niemand mehr leisten.

Die schlechte und karge Ernährung führte zu weiteren Krankheiten. Einige Passagiere litten unter grässlichen Wucherungen am Zahnfleisch, die sie sich gegenseitig mit ihren Scheren und Taschenmessern abschnitten. Andere bekamen hohes Fieber oder eine Lungenentzündung, und jeden Morgen trug man Leichen an Deck.

Wenn meine Erinnerung nicht trügt, verloren wir mehr als die Hälfte unserer Leute, noch bevor unser Proviant völlig aufgebraucht war. Das geschah Anfang Dezember.

Seltsamerweise schien kaum jemand zu bedauern, das Schiff nicht schon in Cowes verlassen zu haben. Sie klammerten sich immer noch an die Geschichten, die ihnen der Neuländer erzählt hatte, und verglichen ihre Erfahrung mit der schweren Not, die sie in ihrer alten Heimat durchmachen mussten. Hunger, Krankheit und Tod waren ihnen nicht unbekannt, waren nahezu alltäglich, und viele hatten miterlebt, wie Söldner ihre Dörfer verwüstet und ihre Liebsten ermordet hatten. Sie wollten lieber bei dem Versuch sterben, ein neues Zuhause zu finden, als die Hoffnung auf ein besseres Leben aufzugeben.

Nach der Tragödie um den kleinen Hans verlor Little Kate ihren hohen Rang als Trostspenderin und fürsorgliche Betreuerin der Kinder. Sie musste nun dasselbe durchmachen, was ich seit jeher durchmachte: Man ging ihr aus dem Weg, warf ihr scheele Blicke zu und tuschelte hinter ihrem Rücken, ihre Frömmigkeit sei pure Heuchelei und sie allein sei schuld am Tod der Mädchen. Was sie am tiefsten verletzte, war das Gerücht, sie hätte sich mit mir und meiner schwarzen Kunst verbündet, um dem Meister des Bösen ein Opfer zu bringen. Unschuldige Kinder im Tausch gegen Gesundheit und langes Leben. Man hielt es für verdächtig, dass Little Kate sich inmitten des allgegenwärtigen Elends bislang keine schlimme Krankheit zugezogen hatte und im Vergleich zu den anderen ausgemergelten Gestalten im Frachtraum etwas weniger blass und hohlwangig aussah.

Sie kämpfte verzweifelt gegen das Misstrauen an, das man ihr entgegenbrachte; versuchte sich zu rechtfertigen, schwor auf die Bibel, dass sie immer nur Gutes im Sinn habe. Doch als auch der kleine Hans starb, verlor sie ihre letzten Fürsprecher. Einer der jungen Burschen drohte sogar, sie über Bord zu werfen, um zu prüfen, ob sie eine Hexe sei. Es gelang ihm, ein paar seiner tumben Kumpane für die Idee zu begeistern. Obwohl auch sie von Hunger und Krankheit geschwächt waren, schien der Plan ihren Kreislauf mächtig in Schwung zu bringen und sie regelrecht aufleben zu lassen. Die Aussicht auf ein wenig Abwechslung in der seelentötenden Ödnis des Frachtraums verlieh ihnen offenbar neue Kräfte, als sie Little Kate breitmäulig grinsend aus ihrer Koje zerrten. Sie schrie und zappelte, aber niemand wollte ihr helfen. Die anderen gafften nur mit leerem Blick und offenem Mund, einige lachten sogar blöde oder klatschten in die Hände. Ich nahm das Messer, das Easy mir am Strand von Cowes überlassen hatte, und setzte es dem Anführer der brutalen Kerle an die Kehle.

›Lass sie los! Lass sie sofort los!‹, schrie ich, doch irgendjemand versetzte mir einen Faustschlag gegen die Schläfe, dass mir Hören und Sehen verging.

›Du bist die Nächste‹, brüllte eine raue Stimme. ›Wir hätten das Schiff schon längst von der Hexenbrut säubern sollen! Diese satanischen Metzen haben all das Unheil über uns gebracht!‹

Ich hatte mein Messer verloren. Der Raum schien sich zu drehen, und ich glaubte, ohnmächtig zu werden, aber irgendwie raffte ich mich auf und folgte den Schandbuben, die Little Kate an Deck zerrten. Sie lachten und grölten und berauschten sich an der Vorstellung, Herren über Leben und Tod zu sein. So vertrieben sie für ein paar Augenblicke die bohrende Angst um ihre eigene erbärmliche Existenz, die jeden Tag enden konnte.

Little Kate hatte aufgehört, sich zu wehren. Sie hing leblos in den Armen ihrer Peiniger. Auf Deck prasselte gerade ein Graupelschauer hernieder, und zwei Seeleute in Ölzeug stiegen aus der Takelage herab, wo sie ein losgerissenes Segel neu befestigt hatten. ›Helft uns! Bitte helft uns!‹, schrie ich gegen den heulenden Sturmwind an, und die Matrosen stellten sich den Burschen sofort in den Weg.

›Was treibt ihr da? Ihr habt hier nichts zu suchen! Ein Sturm kommt auf, und wir müssen die Luken verriegeln‹, rief einer, den ich nun als Easy erkannte.

›Wir wollen erst die Hexe loswerden‹, sagte der Anführer der jungen Kerle. ›Helft uns, sie über Bord zu werfen, dann wird Gott uns vergeben und der Sturm wird abflauen.‹

Ich kannte Easy und seinen Aberglauben. Er hatte mir allerlei Geschichten erzählt, von Menschen mit magischen Kräften, die Stürme heraufbeschwören und über die Winde gebieten. Besonders die Finnen galten ihm als verdächtig, solche Fähigkeiten zu haben, aber von Menschenopfern hatte er nie gesprochen. ›Einverstanden‹, sagte er ruhig und ernst, ›wir werfen jemanden über Bord, um die Sturmgötter zu versöhnen. Aber dieses kleine Mädchen ist kein angemessenes Opfer. Stellt euch nebeneinander auf, damit ich sehe, wer der Größte und Stärkste unter euch ist. Der soll über die Planke gehen, zu unser aller Wohl.‹

Easys Kamerad nickte weise. ›Ja, so machen wir's. Also, Jungs, wer von euch ist der Größte? He, warum duckst du dich? Tritt vor, damit ich Maß nehmen kann! Der zieht doch wahrhaftig den Bauch ein ... Noch so viel Speck auf den Rippen nach drei Wochen auf halber Ration? Donnerwetter, der muss der Richtige sein für Poseidons Altar!‹

Die eben noch so großmäuligen Burschen wirkten plötzlich verunsichert. Obwohl sie den Matrosen zahlenmäßig überlegen waren, zogen sie sich hinter ihren Anführer zurück, der nicht recht zu wissen schien, wie er an die Spitze seiner Truppe gelangt war, und hektisch nach links und rechts blickte. Ich kümmerte mich derweil um Little Kate, die panisch keuchend auf den Planken lag, und half ihr aufzustehen. Wir waren beide wackelig auf den Beinen, aber nun fürchtete der Kerl, der die anderen angestiftet hatte, um sein Leben. Als Easy mit funkelnden Augen einen Schritt auf ihn zu tat, drehte er sich rasch um, zwängte sich durch die Gruppe seiner Spießgesellen und lief zu der Luke, die in den Frachtraum führte.

›Jetzt wisst ihr, wer der Größte unter euch ist‹, sagte Easy. ›Der größte Feigling und der größte Hornochse.‹«

Ich musste über die gelungene Pointe und die Gewitztheit des Matrosen lachen, doch Long Kate sah mich nur traurig an. »Nach diesem Abenteuer hat Little Kate Euch gewiss mit anderen Augen gesehen. Sie muss doch verstanden haben, wie viel Eure Freundschaft wert ist.«

»Eigentlich war es genau umgekehrt. Nach dem Zwischenfall steigerte sich ihr Hass auf mich bis zur Besessenheit. Um keinen Preis wollte sie jetzt noch mit mir zusammen sein. Sie verzog sich auf die andere Seite des Frachtraums, wo inzwischen einige Kojen frei geworden waren, um den größtmöglichen Abstand zwischen uns zu gewinnen. Vermutlich ertrug sie es nicht, für die Freundin oder Gefährtin einer Außenseiterin gehalten zu werden, denn sie hungerte regelrecht danach, ein von allen akzeptierter Teil der Gemeinschaft zu sein. Die Flucht ihres Verlobten hatte ihrem Ansehen sehr geschadet, die Tragödie um Hans und seine Schwestern hatte ihren Ruf endgültig zerstört, doch als man sie ebenso behandelte, wie man ihrer Ansicht nach eine Hexe wie mich behandeln sollte, war dies zweifellos die größte Demütigung, die sie sich vorstellen konnte. Hätte ich sie vor den Angreifern beschützen können, wäre sie mir keineswegs dankbar gewesen, und anscheinend nahm sie mir sogar den bloßen Versuch übel. Sie betrachtete jeden, der ihre Vorurteile infrage stellte, als Erzfeind. Also schlug sie die Hand aus, die ich ihr entgegenstreckte, und klammerte sich lieber einsam an ihre zerlesene Bibel, als mir auch nur einen halben Schritt entgegenzukommen. Wir leben in verschiedenen Welten, zwischen denen es keine Brücken gibt und zwischen denen jede offene Tür zugeschlagen und dreifach verriegelt wurde.«

Was Long Kate über Little Kate sagte, berührte mich und gab mir zu denken. Es machte mir schmerzlich bewusst, dass ich der jungen Frau zumindest in einer Hinsicht ähnlich war. Wie oft hatte ich eine helfende Hand aus Stolz oder Trotz ausgeschlagen? Wie oft hatte ich mich in die Einsamkeit zurückgezogen, um mich dem wohlwollenden Einfluss meines Onkels Solomon zu entziehen? Nicht aus einem Mangel an Dankbarkeit für alles, was er für mich getan hatte, sondern aufgrund einer schwelenden Wut, die sich mal gegen mich selbst, mal gegen andere richtete. Diese Wut ging wohl auf ein Unvermögen zurück, meinen eigenen Ansprüchen gerecht zu werden und meine echte oder eingebildete Schuld auf eine Art zu begleichen, die mich selbst zufriedenstellte. Vielleicht hatte Little Kate ähnlich empfunden.

»Habt Ihr nie versucht, neue Brücken zu bauen und neue Türen zu öffnen?«, fragte ich.

»Für mich ist es keine so ungewöhnliche Erfahrung, von Menschen wie Little Kate gehasst und verachtet zu werden. Dergleichen erlebe ich seit meiner Kindheit, darum halte ich es für Zeitverschwendung, lange darüber nachzudenken. Natürlich macht es mich traurig, aber ich sehe nicht ein, warum ich mich all dem Hass beugen und mich ändern sollte, nur um von Menschen akzeptiert zu werden, denen ich nichts bedeute und die mir nichts bedeuten. Little Kate ist freilich ein besonderer Fall, da ich mich ihr trotz allem verbunden fühle. Warum, weiß ich nicht ... Vielleicht liegt es daran, dass wir denselben Namen tragen und dabei doch in fast allen Dingen so gegensätzlich sind. Wir hätten Schwestern sein können und uns umeinander kümmern sollen, denn wir hatten sonst niemanden auf der Welt, aber ich konnte die Mauer zwischen uns nicht aus eigener Kraft überwinden, und es gab an Bord der *Princess* keine Menschenseele, die zwischen uns vermittelt hätte.

Ich blieb an Backbord mit meinen Tarotkarten, sie an Steuerbord mit ihrer Bibel. So sorgten wir wohl dafür, dass das Schiff im Gleichgewicht blieb. Die anderen Passagiere mieden uns weitgehend, und es gab keine weiteren Versuche, uns Gewalt anzutun, auch wenn es nicht an giftigen Seitenblicken mangelte. Nach mehr als zwei Monaten auf See wich die gereizte Stimmung an Bord einer schwermütigen Lethargie. Die halblaut gemurmelten Gebete boten keinen Trost, die gelegentlichen Flüche keine Erleichterung. Die Frommen ertrugen Hunger und Schmerz in der Hoffnung auf eine bessere Welt, die ihnen offenstand, wenn sie den Glauben nicht verloren. Die Verzweifelten nährten sich an ihrer Verzweiflung, denn die ließ ihre qualvollen Gedanken so lange im Kreis wandern, bis sie das träge Versickern der Zeit nicht mehr spürten. Die Zyniker lachten bitter über ihr sinnloses Leid. Die Arglosen weinten, bis die Tränen versiegten.

Mir gingen ganz andere Dinge durch den Kopf: Ich stellte mir vor, wie der Maat selbstzufrieden in der Kapitänskajüte saß und das Geld zählte, das er den Passagieren abgeknöpft hatte; wie er George Longs kleine Besitztümer für sich beanspruchte oder sie verhökerte. Ich machte mir Vorwürfe, den Kapitän nicht gut genug gepflegt und selbstsüchtig von seiner Notlage profitiert zu haben. Seit Brooks das Kommando übernommen hatte, schien alles nur noch schlimmer zu werden, und Anfang Dezember wurde unsere Lage vollkommen unerträglich.

Arthur Brooks ließ den überlebenden Passagieren mitteilen, dass die Vorräte fast gänzlich aufgebraucht seien. Wer essen wolle, müsse bezahlen. Pierre schrieb eine neue, sehr kurze Liste, auf der die letzten Reste Zwieback und Hartkäse zu absurd hohen Preisen angeboten wurden. Wäre der Neuländer vierzehn Tage zuvor mit solchen Forderungen gekommen, hätte man ihn wohl umstandslos an der Rahnock aufgehängt. Nun waren die Passagiere zu schwach, um die Hand zu erheben, auch wenn sie murrten und protestierten.

Pierre, der trotz seines blassen Teints bemerkenswert gesund und lebhaft wirkte, rechtfertigte die neuen Regeln als notwendig. ›Wir haben Glück, dass nach so langer Zeit überhaupt noch etwas übrig ist. Ich schlage vor, dass diejenigen, die es sich leisten können, den Preis bezahlen und die erworbenen Lebensmittel gerecht verteilen. So halten wir noch ein paar Tage durch.‹

Das sagte er Menschen, die all ihre Ersparnisse ausgegeben oder langjährige Arbeitsverträge abgeschlossen hatten, um an Bord dieses elenden Schiffes zu kommen. ›Wir haben nichts‹, riefen sie. ›Wir hatten nie irgendetwas. Man kann keinem nackten Mann in die Tasche greifen. Was wollt Ihr denn noch? Unsere Seele?‹

Pierre machte eine beschwichtigende Geste. ›Ich weiß, wie euch zumute ist. Glaubt ihr, ich hätte noch nie Hunger gelitten? Wir sitzen ja buchstäblich alle im selben Boot. Deshalb mache ich euch ein freundschaftliches Angebot. Ihr könnt anschreiben und später bezahlen. Ich stelle Schuldscheine aus mit einem fairen Zinssatz. Wer einen Arbeitsvertrag hat, kann ihn gern verlängern. Na, meine lieben Freunde, was sagt ihr?‹

Die Zuhörer, die sich im Frachtraum um ihn versammelt hatten, waren sprachlos. Das Angebot war so dreist, dass niemand darauf eine Antwort fand.

Pierres wohlwollendes Lächeln war eine Zumutung für alle, die noch bei klarem Verstand waren. Ich hatte das zwingende Bedürfnis, ihm an die Kehle zu springen und seine Zunge herauszureißen, spürte aber gleichzeitig eine hoffnungslose Schwäche und Müdigkeit, die mich mit bleierner Schwere nach unten zog. Viele mussten so empfunden haben wie ich und wandten sich resignierend ab. Einige wenige näherten sich dem Neuländer, aber nicht, um ihn unter Aufgebot ihrer letzten Kräfte niederzuschlagen, sondern um mit ihm über den Zinssatz zu feilschen.

Sollte die *Princess* sinken, ehe sie die amerikanische Küste erreichte, würde Pierre Logenplätze im Paradies feilbieten. Und er würde zweifellos dankbare Abnehmer finden. Für ihn waren wir keine denkenden, fühlenden Wesen, sondern beliebig austauschbare Mittel zum Zweck. Mich wunderte, dass er nicht darauf bestanden hatte, alle an Krankheit und Hunger Verstorbenen an Bord zu behalten, um später ihre sterblichen Überreste zu Geld zu machen – Dünger für die Felder der Neuen Welt.

Warum hatte ich diesem Mann je ein Wort geglaubt? Wie hatte er sich das Vertrauen so vieler Menschen erschlichen? Wahrscheinlich steckte nicht viel dahinter: Er hatte nur das gesagt, was wir hören wollten, und uns unsere eigenen Träume verkauft. Mehr war nicht nötig gewesen, um überzeugend zu wirken. Nun, da wir allmählich begriffen, wie viel wir opfern mussten, um denselben alten Träumen weiter nachlaufen zu dürfen, kam niemand auf die Idee, die trostlose Wirklichkeit zu akzeptieren. Ein jeder klammerte sich an seine Illusionen. Selbst jene, die zu schwach waren, um aus ihren schmutzigen Kojen zu kriechen, flüsterten mit glänzenden Augen davon, dass das ersehnte Ziel nicht mehr fern sein könne. Das Land ohne Grenzen, ohne Kriege und Hungersnöte sei schon zum Greifen nah!

In dieser Hinsicht war ich keineswegs anders. Ich legte meine Karten aus und sah überall Zeichen der Hoffnung. Den Ritter der Stäbe deutete ich als Symbol der Großzügigkeit und sah mich bestätigt, wenn der gute Easy mir ein paar Nüsse und Dörrobst zusteckte. Der Turm stand nicht nur für Gefahr und Tod, sondern ebenso für den Willen zu leben.

Solche Vorstellungen hatten größere Macht als Pierres Skrupellosigkeit. Dabei übersah ich, dass die Neue Welt, auf die ich all meine Hoffnungen setzte, sich möglicherweise zu einem beträchtlichen Teil als Pierres Welt entpuppen würde.«

Die achte Karte:

Die Zehn der Schwerter

»An dieser Karte hängt unendlich viel Böses«, sagte Long Kate. »Wie du siehst, sind die Schwerter nach dem Muster des Lebensbaums angeordnet, die Spitzen zeigen nach innen auf das sechste Schwert und zertrümmern es. Die sechste Stelle des Lebensbaums, *Tiphareth*, symbolisiert das Herz. Die Karte kann sich auf einen Menschen beziehen, der sich daran ergötzt, das Glück seiner Mitmenschen zunichtezumachen. Sie steht auch für Wahnsinn und Aufruhr, für das Scheitern aller hoffnungsvollen Pläne.«

»Vorhin habt Ihr davon gesprochen, dass Ihr auch den unheilvollsten Symbolen etwas Positives abtrotzen konntet.«

»Ja, das ist richtig, aber man kann kaum etwas Unheilvolleres als die Zehn der Schwerter ziehen. Nur ein unverbesserlicher Optimist könnte hier etwas Gutes herauslesen, wie Freude und Ausgelassenheit. Doch selbst diese positiven Aspekte sind zu grell, um wirklich erfreulich zu sein. Freude wird durch Schadenfreude vergiftet, und die Ausgelassenheit steht der Hysterie näher als dem Frohsinn. In den Tagen nach Pierres Rede herrschte unter den Passagieren allerdings nur eine dumpfe, ohnmächtige Wut und Ratlosigkeit. Jeder wusste, dass es sinnlos war, gegen Pierre oder Brooks aufzubegehren, denn ohne sie würde das Schiff nie seinen Zielhafen erreichen.

Nach dem zwölften Sturm beruhigte sich das Wetter, und die *Princess Augusta* segelte unter Vollzeug vor einer günstigen Brise. Jene, die noch kräftig genug waren, durften in kleinen Gruppen eine Stunde an Deck verbringen. Das wäre wahrhaftig ein Segen gewesen, wenn uns der grau wogende Ozean nicht durch seine scheinbare Grenzenlosigkeit verhöhnt hätte. Auf die Frage ›Wie lange noch?‹ antwortete er mit jeder einzelnen Welle, die am Schiffsrumpf entlangrauschte: ›Für immer und ewig!‹

Uns wurde gestattet, den Sandkasten für unsere Kohlenfeuer zu nutzen, aber was hätten wir darauf kochen können außer abgestandenes Regenwasser? Immer mehr Passagiere wandten sich an Pierre, unterschrieben Schuldscheine und nahmen alles, was sie dafür bekommen konnten – ein halbes Stück Schiffszwieback oder einen armseligen Krümel Hartkäse. Auch Ratten waren zu einem begehrten Handelsgut geworden. In der Bilge wimmelte es von ihnen, aber kaum einer war geschickt genug, sie zu fangen. Brooks hatte erklärt, es sei ihm recht, wenn einem der Passagiere das Jagdglück hold sei.

Einer der Rüpel, die Little Kate über Bord werfen wollten, ein gewisser Herbert, erwies sich als besonders erfolgreicher Rattenfänger und brachte die Beute stolz in die Kombüse, damit der Smutje sie auf irgendeine Weise zubereiten konnte. Pierre war zufällig in der Nähe, legte sofort einen Preis für das Fleisch fest und notierte ihn auf seiner Liste. Der Jäger protestierte und wollte nicht für die Beute zahlen, die er selbst erlegt hatte. Pierre erklärte ihm nachsichtig lächelnd, dass das Schiff den Brüdern Hope gehöre, somit müssten auch die Schiffsratten als ihr Eigentum betrachtet werden, und man könne von niemandem verlangen, sein Eigentum zu verschenken. Das Töten einer Schiffsratte sei rechtlich gesehen dasselbe wie das Erlegen eines Hirschs im königlichen Forst, also Wilderei. In Großbritannien, wie auch in den Kolonien, werde Wilderei nicht selten mit dem Tod bestraft, aber die Schiffseigner seien keine Unmenschen und würden auf jeden Fall Gnade vor Recht ergehen lassen. In einer Notlage wie der unseren könne man auch mal ein Auge zudrücken. Der Jäger dürfe jede fünfte Ratte behalten.

›Aber ich hab doch nur drei erwischt‹, sagte Herbert.

›Schön. Beim nächsten Mal sind es vielleicht fünf. Dann soll die fünfte Euch gehören.‹

Der Rattenfänger, ein schmächtiges Kerlchen mit grauschwarzen Bartstoppeln, kratzte sich am verlausten Kopf und wurde das Gefühl nicht los, dass man ihn übers Ohr gehauen hatte. Er kehrte zurück in den Frachtraum und erzählte seinen Kameraden empört von seinem Erlebnis. Aber sie lachten nur höhnisch und wandten sich ab.

Am Ende weigerte sich niemand, für Rattenfleisch zu bezahlen, auch ich nicht. Der schlimmste Tyrann ist ein leerer Magen. Er zwingt einen, Dinge zu tun, die man nie für möglich gehalten hätte, und lässt einen Abfall als Gaumenschmaus ansehen, dessen Genuss das Tor zum Paradies öffnet. Ich muss zugeben, dass Little Kate am längsten durchhielt und sich am hartnäckigsten weigerte, Pierres Schuldscheine zu unterschreiben. Einmal ertappte ich sie allerdings dabei, wie sie eine Seite aus ihrer Bibel herausriss und Stück für Stück in den Mund steckte. Sie beachtete mich nicht, ihre Augen blickten ins Leere.

Einige Tage nach dem Abflauen des zwölften Sturms ereignete sich etwas, das mir noch entsetzlicher vorkam als alles, was wir bislang durchgemacht hatten. Das Wetter war gut, der Himmel nur leicht bewölkt, gelegentlich lugte sogar die Sonne hervor und ließ einen trügerischen Strahl über das Schiffsdeck wandern. Easy und die anderen Matrosen hatten viel zu tun, um die günstigen Brisen zu nutzen, und obwohl auch sie von Hunger geschwächt waren, strahlten sie eine auffällige Selbstzufriedenheit aus, während die Passagiere, die eine Stunde an Deck bleiben durften, gramgebeugt umherschlichen wie Sünder vor dem verschlossenen Himmelstor.

Ich verbrachte meine Stunde an der Reling des Vorschiffs, zitternd in eine zerschlissene Wolldecke gewickelt, und dachte an all die köstlichen Dinge, die ich vor langer Zeit gegessen hatte, an Krapfen und Knödel, ofenfrisches Schwarzbrot und grobe Bratwürste, die in der Pfanne brutzeln, erinnerte mich an den Geruch aus der Küche des Gasthofs, in dem ich gearbeitet hatte, und an das Geräusch des Starkbiers, das aus dem Zapfhahn in den Zinnkrug rauschte. So verlor ich mich in fruchtlosen Hungervisionen, bis plötzlich etwas Neues, Ungewöhnliches in mein getrübtes Bewusstsein drang. Zunächst konnte ich es nicht zuordnen und hielt es für einen Teil meines Tagtraums. Es war ein schriller Ton, der sich mehrfach wiederholte und von oben zu kommen schien. Ich hob den Blick und sah eine Möwe. Dergleichen hatte ich schon sehr, sehr lange nicht mehr gesehen, so dass mich die unverhoffte Sichtung nicht nur freute, sondern geradezu entzückte. Easy hatte mir allerhand Phantastisches über Seevögel erzählt: dass sie die Seelen ertrunkener Seemänner seien, dass man sich mit ihnen gutstellen müsse und ihnen nichts zuleide tun dürfe, da sie über die Winde geböten. Solche Vorstellungen verblassten hinter der recht unpoetischen Frage, ob man das Tier nicht fangen und braten könne. Dann wurde mir jedoch blitzartig klar, was die Möwe tatsächlich bedeutete. Land! Land! Wir näherten uns der Küste, und die Not würde endlich ein Ende haben!

Ich wollte mein Glück hinausschreien, doch als ich wieder nach oben sah, war die Möwe verschwunden, und ich glaubte fast, ich hätte mir alles nur eingebildet. Um mich zu vergewissern, lief ich zu den anderen und fragte, ob jemand den Vogel gesehen oder gehört habe. Sie schüttelten lediglich den Kopf und warfen mir teils mitleidige, teils abschätzige Blicke zu, als zweifelten sie an meinem Verstand. Kurz darauf wurden alle Passagiere zurück in den Frachtraum gescheucht. Brooks rief, dies sei unbedingt notwendig, da ein weiteres Unwetter drohe. Wir folgten seinem Befehl wie Schafe, obwohl keinerlei Anzeichen für einen neuerlichen Wetterumschwung zu erkennen waren. Wir waren jedoch schon so sehr daran gewöhnt, einen Sturm nach dem anderen in unserem trostlosen Kerker aussitzen zu müssen, dass niemand protestierte oder auch nur ein wenig misstrauisch wurde.

Ich hörte noch, wie die Luke fest über uns verriegelt wurde, so wie man es immer bei Sturmwarnung tat. Doch danach gab es keinerlei Anzeichen für ein Unwetter – kein Donnergrollen, kein prasselnder Graupelschauer, kein wildes Rollen und Stampfen. Alles blieb ruhig, und der Seegang schien keineswegs heftiger zu werden. Falscher Alarm, dachten wir, doch die Luke blieb verschlossen und niemand reagierte auf unser Rufen und Klopfen. Wir warteten stundenlang, ohne zu ahnen, was an Deck vorging. Die Stille wirkte noch beängstigender als das übliche Heulen und Tosen, da sie uns unerklärlich schien. Jemand behauptete, die Matrosen hätten uns eingeschlossen, um sich im Beiboot aus dem Staub zu machen, und ich erzählte jedem, der es hören wollte, von der Möwe, die von einer nahen Küste stammen musste. Manche schimpften mich eine Lügnerin, andere schüttelten ungläubig den Kopf.

Nach einiger Zeit drangen Rufe der Seeleute in den Frachtraum. ›Sie reffen die Segel! Das Schiff dreht bei!‹, meinte jemand, der die entsprechenden Befehle gut kannte. Dann wieder Stille, und schließlich ein lautes Rattern. ›Die Ankerkette! Das muss die Ankerkette sein! Warum sperren die uns ein, wenn wir vor Anker gehen? Gottverdammt, da muss Land sein! Land!‹

Die Kräftigeren unter uns stiegen hinauf zur Luke und hämmerten wütend dagegen. ›Aufmachen! Lasst uns raus!‹, schrien sie und viele Passagiere stimmten

mit ein. Doch niemand war stark genug, die Luke auf-
zustemmen, und niemand reagierte auf unsere Schreie,
die allmählich leiser wurden. Nie war ich der vollkommenen Verzweiflung näher. Nach all den Wochen und
Monaten des bloßen Dahinvegetierens hatten wir endlich
eine Küste erreicht. Sie schien zum Greifen nah, doch wir
blieben wie Vieh im Dunklen eingesperrt! Kannst du dir
überhaupt vorstellen, was das für ein Gefühl ist?«

Long Kates Stimme klang schrill, fast hysterisch, als
würde sie alles noch einmal durchmachen, aber ich blieb
ihr die Antwort schuldig. Dabei erinnerte ich mich plötzlich lebhaft an jene Nacht, als ich die Augen öffnete und
mich im Bauch des brennenden Schiffes liegend wieder-
fand, ohne zu wissen, wie ich dort hingelangt war. Ich sah
das Gesicht eines Mannes, der sich über mich beugte und
etwas sagte, was ich nicht verstehen konnte. Die lodernden Flammen brüllten.

Kates Geschichte musste etwas in mir geweckt haben,
das ich bislang verdrängt hatte. Ich spürte, wie ein neues
Bild aus der Tiefe meiner Erinnerung aufstieg, und der
nächste Augenblick würde es an die Oberfläche bringen.
Ich hoffte, das Gesicht des Mannes nun deutlich vor mir
zu sehen, und hatte gleichzeitig schreckliche Angst davor.
Die Erkenntnis mochte der Schlüssel sein und alles ent-
halten, was ich zu wissen begehrte. Doch die Wahrheit,
so fürchtete ich, könnte sich als unendlich schmerzvoll
erweisen. Meine unkontrollierbare Angst türmte sich
auf wie eine Sturzwelle und drängte alles zurück in die
Dunkelheit. Mit einem tiefen Atemzug schüttelte ich die
Vision ab.

»Für mich waren es die schlimmsten Stunden der Überfahrt«, sagte Long Kate. »Das Schiff schien vor Anker zu
liegen. Man hörte die Stimmen der Matrosen und schwere
Schritte an Deck, dumpfes Gelächter, dann wieder Stille.
Hurra-Rufe. Später ein Poltern und Scheuern, als würde

eine Jolle längsseits gehen und gegen die Bordwand sto-
ßen. Danach gab es eine Reihe lauter Geräusche, die mich
an den Hafen von Rotterdam und die Arbeit der Schauermänner erinnerten. Ich lauschte angespannt, doch
ringsum begannen einige Passagiere vor Erschöpfung
und Enttäuschung zu weinen und zu lamentieren, so dass
man von außen weniger mitbekam. Weitere Stunden ver-
gingen auf diese Weise, und das Warten wurde zur Qual.
Ich rollte mich in meiner Koje ein und versuchte mich zu
entspannen, aber zum Schlafen war ich viel zu gereizt. In
mir brodelte unbeschreiblicher Zorn auf Pierre, Brooks,
sogar auf Easy, den ich für einen Freund gehalten hatte,
und vor allem auf meine eigene erbärmliche Hilflosigkeit.

Irgendwann wurde die Luke geöffnet, doch kein Licht
drang herein. Die Sonne war längst untergegangen, und
die *Princess* lief ruhig unter vollen Segeln. Wir durften in
Gruppen zu je zwanzig Personen an Deck kommen und
unsere kargen Rationen abholen. Müde und verwirrt
stiegen die ersten Passagiere nach oben, wo Pierre und
der Schiffskoch sie empfingen. Unsicher, ob es der Mühe
wert war, streckten sie dem Smutje ihre Blechschüsseln
entgegen, doch der zögerte noch und wartete auf Pierre,
der schließlich mit breitem Lächeln eine Erklärung abgab:
›Ja, Freunde, ab heute wird wieder geschlemmt wie in
alten Zeiten. Kein Rattenfleisch, keine Wassersuppe, sondern Eintopf nach Art des Hauses! Ich hab keine Kosten
gescheut, frische Vorräte an Bord zu holen, damit ihr euch
die Bäuche füllen könnt. Ich habe auch eine neue Preisliste aufgestellt. Keine Sorge, es wird nicht allzu teuer,
aber ich muss die Verpflegung leider in Rechnung stellen,
da ich sie aus eigener Tasche bezahlt habe. Umsonst ist
nichts, nur der Tod, und der kostet das Leben!‹

Wir zahlten alle oder unterschrieben neue Schuldscheine. Der Hunger blendete alle Fragen aus, und
der Eintopf, der bei näherer Betrachtung aus Zutaten

bestand, die man unter normalen Umständen den Hunden und Schweinen vorgeworfen hätte, erschien uns wie das Manna der Israeliten, das Gott ihnen während ihrer langen Wanderung durch die Wüste sandte.

Es dauerte einige Zeit, ehe jemand fragte, woher die Vorräte stammten und warum wir so lange unter Deck ausharren mussten. Pierres Lächeln schien noch breiter zu werden. ›Wir haben den Atlantik überquert, wir haben es geschafft! Vor ein paar Stunden haben wir Charleston erreicht, aber dort sind die Quarantänebestimmungen sehr streng. Auswanderer dürfen nicht an Land, darum mussten wir einige bedauerliche Vorkehrungen treffen. Zu eurem Besten, denn die Behörden von Charleston verstehen keinen Spaß. Wir konnten allerdings genug Proviant aufnehmen, um bis nach Philadelphia zu kommen. Stellt euch vor, wir werden das Weihnachtsfest in unserer neuen Heimat feiern! Ist das nicht herrlich?‹

Die Passagiere jubelten. Sie lachten und umarmten sich und begannen mit neuer Zuversicht von ihren Träumen und Plänen zu sprechen. Einige ließen sich sogar wieder die Karten legen. Ich verlangte nichts dafür und prophezeite fast nur Erfreuliches – Gewinn, Erfolg, Liebesglück –, auch wenn der Lebensbaum etwas anderes erzählte, so dass ich gelegentlich eine sanfte Warnung einflechten musste, um glaubwürdig zu bleiben. Hier ging es freilich nicht um die Wahrheit, sondern nur darum, Freude zu spenden und Mut zu machen.

Ich wollte selbst daran glauben, dass die letzten Tage unserer Reise friedlich und ohne neues Unheil verlaufen würden. Die Aussichten waren gut, und mit Gottes Hilfe würden wir bald unser Ziel erreichen. Was wir bislang hatten durchmachen müssen, würde bedeutungslos sein, sobald wir wieder festen Boden unter den Füßen hatten.

Grund zum Feiern gab es dabei eigentlich nicht, und das Lachen blieb einem im Halse stecken, wenn man die vielen leeren Kojen im Frachtraum betrachtete. Von den mehr als vierhundert Männern, Frauen und Kindern hatten nur rund hundertzwanzig die Strapazen überlebt. Jede Familie hatte Tote zu beklagen, und wir alle würden die Neue Welt barfuß, mit leeren Händen und hohen Schulden betreten. Wir Mägde und Knechte der Alten Welt würden wieder nur Mägde und Knechte sein.«

Die neunte Karte:
Der Teufel

Mich schauderte, als ich die vorletzte Karte betrachtete. Sie zeigte einen mit Blumengirlanden geschmückten Ziegenbock mit spiralförmig verdrehten Hörnern, auf dessen Stirn ein weit aufgerissenes drittes Auge prangte. Long Kate spürte wohl mein Unbehagen und lächelte beschwichtigend. »Der Teufel muss hier kein Symbol für das Böse sein. Die beiden hebräischen Buchstaben bilden das Wort *Ayin*, also Steinbock, und das entsprechende Sternzeichen steht für unbändige Lebens- und Schaffenskraft, die allerdings mit einer gewissen Rücksichtslosigkeit oder sogar Besessenheit einhergeht. Diese Karte könnte sich auf einen Plan beziehen, der gewissenlos in die Tat umgesetzt wird.«

»Ein Plan? Welcher Plan?«, fragte ich verunsichert. Stärker denn je spürte ich, wie etwas Unbegreifliches sich unter der Oberfläche regte und wand wie ein blinder Wurm auf der Suche nach Nahrung.

»Vergiss nicht, dass diese Karten ebenso deine wie meine Geschichte erzählen. Du musst selbst wissen, ob du je ohne Rücksicht und Gewissensbisse gehandelt hast. Ich kann nicht so tief in dein Herz sehen ... Für mich bezieht sich der Teufel auf den Lebenswillen der Auswanderer, also auch auf meinen, aber auch auf die Tatsache, dass dieser Wille stärker ist als Gewissen und Scham. Gute Vorsätze und Moral werden rasch bedeutungslos, wenn es um das nackte Überleben geht; das hatte ich im stinkenden Bauch der *Princess Augusta* gelernt. Und in solchen Situationen sind jene im Vorteil, die nie ein Gewissen gehabt haben und keine Skrupel kennen, die Angst und Not ihrer Mitmenschen zu ihrem Vorteil zu nutzen.

Jemand wie Pierre. Er sorgte für uns, er führte uns ins Gelobte Land, aber er war nicht Moses, sondern Aaron, der das Goldene Kalb aus dem Schmuck seines Volkes schuf. Wir Überlebenden waren dankbar, es in Gestalt eines vollen Blechnapfes anbeten zu dürfen, und auch ich sah keinen unverzeihlichen Fehler darin, Schuldscheine und Arbeitsverträge zu unterschreiben, solange niemand hungerte und jeder Morgen uns näher an das Ziel unserer Wünsche brachte. Dabei wusste ich inzwischen genauso gut wie jeder andere, dass Pierre im Grunde ein Gauner war, der uns nach Strich und Faden betrog und ausplünderte. Manch einer bewunderte ihn für seine Dreistigkeit, und ich suchte bei ihm oft nach jenem melancholischen Ausdruck, der mich anfangs so sehr für ihn eingenommen hatte. Ich bildete mir ein, ihn wiederzufinden, wann immer Pierre die Stadt Charleston erwähnte, als hätte er dort etwas zurückgelassen, das ihm viel bedeutete. Wahrscheinlich suchte ich nur nach einem Zug an ihm, der ihn ein wenig menschlicher machte, um zu verdrängen, welche Macht er über mich und uns alle hatte.

Little Kate schien weitgehend immun gegen diese Macht zu sein. Sie weigerte sich, Pierres Bedingungen zu erfüllen, und wäre wohl verhungert, wenn niemand Mitleid mit ihr gehabt und ihr etwas von seinen Rationen abgegeben hätte. Obwohl man ihr nach wie vor den tragischen Tod der Kinder anlastete, war es ihr gelungen, zwei oder drei junge Witwen an sich zu binden, die mit ihr beteten, sei es aus Überzeugung oder aus dem schlichten Bedürfnis, die zäh verstreichenden Stunden zu verkürzen. Der Anblick der Betschwestern mit ihren verzückten Mienen war mir stets unheimlich, auch wenn sie mir gegenüber nicht garstig auftraten und darauf verzichteten, über meine angeblich schwarzen Künste herzuziehen. Eigentlich schenkten sie mir keinerlei Beachtung, aber Little Kates stille Rebellion gegen Pierres sanfte Tyrannei machte mir tagtäglich bewusst, dass es mir an Kraft fehlte, gegen ihn aufzubegehren. Ich schämte mich, den einfachsten Weg gewählt zu haben. Der Gedanke, dass Little Kate mir in diesem Punkt überlegen war, machte mich wütend. Ich war wütend auf mich selbst und wusste nicht, wie ich der Falle entkommen konnte, in die ich mich freiwillig begeben hatte.

An einem ruhigen Tag auf See, als wir gute Aussichten hatten, Philadelphia in weniger als einer Woche zu erreichen, konnte ich nach langer Zeit endlich ein paar Worte mit Easy wechseln und nutzte die Möglichkeit, ihn über Pierre auszufragen, der ausnahmsweise nicht in Hörweite war. ›Weißt du, woher er kommt? Uns hat er immer von einer Farm erzählt, zu der er zurückkehren will. Aber er hat nichts von einem Bauern an sich, auch wenn er sich gut mit meinen Landsleuten versteht.‹

›Der Mann redet nicht viel über sich selbst und bleibt meist für sich in seiner Kabine‹, antwortete Easy und stopfte seine Tonpfeife. ›Bis Käpt'n Long von uns ging, hat er die Kabine mit Brooks geteilt, aber unser Maat ist auch keiner von der geschwätzigen Sorte. Ich weiß immerhin, dass auch Brooks bei den Brüdern Hope in der Kreide steht und wohl jede Gelegenheit beim Schopf packen würde, Pierre loszuwerden und dessen Gewinn einzustreichen.‹

›Hast du wenigstens irgendwelche Gerüchte über Pierre aufgeschnappt?‹

›Ich glaub jedenfalls nicht, dass der Kerl ein großes Geheimnis hütet oder einen wichtigen Posten bei den Hopes innehat. Diese Burschen, die ihr Deutschen Neuländer nennt, sind meist auch nur arme Schweine, die bis zum Hals in Schulden stecken. Wahrscheinlich ist er irgendwann einmal selbst Passagier auf einem der Auswandererschiffe gewesen, hat einen Arbeitsvertrag unterschrieben, den er dann nicht erfüllen konnte, weil er krank wurde oder sich um kranke Angehörige kümmern musste. Wenn sich Schulden auf Schulden häufen, finden die tüchtigen Geschäftsleute und Konsignatare eine Lösung für dich und schicken dich los, um neue Quellen anzuzapfen. Vielleicht hat dieser Pierre andere Gründe, aber ich glaube, dass er mit euren Schulden seine eigenen Schulden abstottert. Deshalb hat er jetzt auch Brooks überredet, Philadelphia oder eine der anderen Hafenstädte im Norden nicht auf direktem Wege anzusteuern, sondern einen weiten Bogen zu machen. So sind wir noch länger auf hoher See als nötig und geben unserem Freund noch etwas Zeit, aus den frischen Vorräten Profit zu schlagen. Für Pierre war es bislang kein erfolgreicher Fischzug, weil so viele Leute krepiert und die wertvollen Arbeitsverträge hinfällig geworden sind. Wenn ich richtig gerechnet habe, lohnt es sich für ihn erst wieder, wenn die noch gültigen Arbeitsverträge um das Vierfache verlängert werden. So läuft das Geschäft, Kindchen, so ist es schon immer gelaufen. Jeder bescheißt jeden, und die Bank gewinnt immer.‹

›Kann man denn gar nichts tun?‹, fragte ich, bestürzt über meine eigene Gutgläubigkeit, die nun hinfortgefegt wurde wie eine Sandburg bei Sturmflut.

›Man könnte das Schiff übernehmen und Pirat werden‹, scherzte Easy. ›Aber wir haben zu wenige fähige Seeleute an Bord, und in Charleston wollte niemand auf einem Unglücksschiff wie dem unseren anheuern. Man könnte es auch versenken und sich mit dem Beiboot aus dem Staub machen, aber dazu sind wir zu viele. Außerdem habe ich das ungute Gefühl, dass der Maat bereits irgendetwas im Schilde führt.‹

Bislang hatte ich angenommen, dass Brooks und Pierre

unter einer Decke steckten. Schließlich hatte der Maat damit begonnen, Geld für Lebensmittel zu verlangen, während der Neuländer zwar die Listen geführt, aber erst seit unserem Zwischenhalt in Charleston die Kontrolle über dieses einträgliche Geschäft übernommen hatte. Doch Arthur Brooks hätte wohl nie unter einem Kapitän angeheuert, der halb so alt war wie er, wenn er den Hopes nicht auf irgendeine Weise verpflichtet gewesen wäre. Er hätte wohl auch nie mit einer zwielichtigen Landratte wie Pierre zusammengearbeitet, wenn er sich davon keinen Vorteil versprach. Aus demselben Grund würde er ihn fallenlassen wie eine heiße Kartoffel.

Wir Passagiere waren auf jeden Fall angeschmiert, ganz gleich wie die Geschichte ausging. Der Preis für die Überfahrt stieg mit jedem Tag, unabhängig davon, ob nun Brooks oder Pierre davon profitierten. Am Ende würden auch wir Sklaven ihrer Herren sein, und die Brüder Hope rieben sich wohl jetzt schon die Hände. Selbst wenn das Schiff mitsamt Brooks und Pierre und allen Schuldscheinen und Verträgen sank, würden sie die Versicherungssumme kassieren und einen guten Schnitt machen.

Eigentlich gab es nur einen Ausweg: das Schiff zu übernehmen, Pierre und Brooks irgendwie loszuwerden und mithilfe von Easy und seinen Kameraden eine einsame Küste anzusteuern, wo wir an Land gehen und uns auf eigene Faust durchschlagen könnten. ›Sind deine Leute damit einverstanden, dass der Maat absichtlich die Reise verlängert?‹, fragte ich den alten Matrosen.

Easy warf mir einen skeptischen Seitenblick zu. ›Sie murren und jammern, seit wir Cowes verlassen haben, aber sie würden sich nie offen gegen den Maat stellen. Er hält sie mit Drohungen und Versprechungen bei der Stange, sonst wären sie schon in Charleston desertiert.‹

›Und was ist mit dir?‹

Er betrachtete seine schwieligen Hände, wie immer,

wenn er verlegen war. ›Ich nehme alles, wie's kommt. Ob auf diesem Schiff oder auf einem anderen, es läuft sowieso auf dasselbe hinaus. Solange ich nicht mit Schlips und Kragen rumlaufen muss und niemand mir vorschreibt, zu welchem Gott oder Teufel ich beten soll, ist mir alles recht. Ich drücke mich vor keiner Arbeit und brauche nicht viel mehr zum Leben als frische Luft zum Atmen. Ich kenne hier jedes Tau und jede Spiere beim Vor- und Nachnamen, aber ich tauge nicht für einen höheren Rang und könnte es nicht mit dem Maat aufnehmen, wenn's darum geht, ein Schiff zu führen oder einen Kurs zu berechnen.‹

›Nicht einmal, wenn's um Leben und Tod geht?‹, fragte ich enttäuscht, da ich Easy für den einzigen Mann an Bord gehalten hatte, der es mit Brooks und Pierre hätte aufnehmen können.

›Es geht immer nur ums Leben‹, sagte er und kaute nachdenklich am Stiel seiner alten Tonpfeife. ›Der Tod hat keine Bedeutung.‹«

»Was hat er damit wohl gemeint?«, fragte ich Long Kate, doch sie zuckte nur mit den Achseln.

»Ich weiß es nicht, aber ich weiß, dass ich Easy nie richtig verstanden habe, obwohl er wohl der einzige Mensch auf der *Princess Augusta* war, den ich wirklich mochte und dem ich vertraute. Jetzt wünsche ich mir, ich hätte damals länger mit ihm gesprochen, denn er muss einen guten Grund gehabt haben, sich den Verrätern anzuschließen und das Schiff heimlich zu verlassen. Manchmal glaube ich fast, dass meine vagen Anspielungen auf eine mögliche Meuterei unter seiner Führung ihn dazu bewegt haben. Er wollte die Rolle des Helden nicht spielen, die ich ihm zugedacht hatte.

Zwei Tage später geriet die *Princess* in dichten Nebel, und die Schreie unsichtbarer Seemöwen ließen mich abermals ahnen, dass wir uns unweit der Küste befanden. Ich war frühmorgens aufgestanden, um mit der ersten Gruppe an Deck zu gehen und nach Land Ausschau zu halten. Für gewöhnlich traf man zu dieser Stunde auf mindestens drei der sieben überlebenden Seeleute, die das Schiff auf Kurs hielten und nach gefährlichen Riffen oder Untiefen Ausschau hielten. Nun wirkte alles beängstigend leer und verlassen. Der Wind wehte zu schwach, um die teils gesetzten, teils gerefften Segel zu füllen. Das Steuerrad hinter dem Kompasshäuschen hatte man mit einem Tau festgezurrt, aber vom Steuermann keine Spur. Auch das Beiboot fehlte, wie jemand aus meiner Gruppe nach einem entsetzten Aufschrei verkündete. Trotzdem wollte niemand glauben, dass die Crew das Schiff verlassen und uns im Stich gelassen hatte. Dafür gab es keinen ersichtlichen Grund, denn wir hatten unser Ziel angeblich fast erreicht, und die herrschenden Wetterbedingungen boten keinerlei Anlass zur Sorge – soweit ich es beurteilen konnte.

Wir riefen laut nach dem Maat, denn niemand wagte, die Kajüten des Achterdecks zu betreten. Unsere Rufe weckten die Neugier der anderen Passagiere, die nun nach und nach aus dem Frachtraum hervorkrochen, um sich selbst ein Bild der Lage zu verschaffen. Schließlich öffnete sich die Tür am Achterschott und Pierre trat mit verwirrter Miene auf uns zu.

›Was soll das bedeuten? Was soll das Geschrei?‹, sagte er heiser, als hätte man ihn eben aus dem süßen Schlaf der Selbstgerechten gerissen. Er hatte sich nicht die Mühe gemacht, das Hemd in die Hose zu stopfen. Seine Augen blitzten zornig, und sein Gesicht wirkte noch blasser als sonst; es glühte kalt wie Mondlicht.

›Die Crew … Die Crew ist verschwunden. Die Männer haben sich nachts aus dem Staub gemacht, und das Schiff treibt herrenlos auf hoher See!‹

›Unmöglich‹, schrie Pierre. Zum ersten Mal, seit ich ihn kennengelernt hatte, verlor er die Fassung. ›Brooks! Du hinterlistiger Dreckskerl … Soll dich der Teufel holen!‹ Dann drehte er sich um und zog sich wieder zurück, ohne auf unsere ängstlichen Fragen und Zurufe zu reagieren. Ich und ein paar andere Passagiere, darunter auch Little Kate und zwei ihrer frommen Witwen, folgten ihm in den engen Kajütgang. Er riss die Tür zur Kombüse auf – sie war leer und der Ofen kalt. Es roch nach Zwiebeln, als wäre der Smutje eben noch hier gewesen. Weiter ging's zur Kapitänskajüte – ebenfalls leer. Mir fiel auf, dass die Seekarten vom Kartentisch verschwunden waren. ›Dreckskerl!‹, schrie Pierre, denn auch die nautischen Instrumente und Handbücher lagen nicht mehr an ihrem angestammten Platz. Als Nächstes fiel sein Blick auf eine kleine Holztruhe, die er rasch öffnete. Soweit ich es erkennen konnte, lagen darin irgendwelche Dokumente, womöglich die Schuldscheine und Arbeitsverträge, denn Pierre klappte hastig den Deckel zu und nahm die Truhe an sich.

›Was sollen wir jetzt tun? Wie sollen wir das Schiff steuern?‹, fragte jemand, doch der Neuländer, an den wir wie arglose Kinder immer noch unsere Hoffnungen knüpften, antwortete nicht, sondern zwängte sich mit der Truhe an uns vorbei in den Kajütgang und betrat von dort schimpfend und fluchend seine eigene Kabine. Er schlug uns die Tür vor der Nase zu.

›Pierre weiß ebenso wenig wie wir, wie man ein Schiff auf den richtigen Kurs bringt‹, sagte Little Kate. ›Kniet nieder und betet, und die Hand unseres barmherzigen Herrn wird uns führen.‹

›Die Hand meines Herrn führt mich in die Kombüse‹, sagte der Rattenfänger. ›Ich würd' nämlich gern wissen, wo diese Teerjacken ihren Fusel versteckt haben. Kommt, Leute.‹ Sein Aufruf hatte mehr Erfolg als der von Little Kate.

Ich kehrte zurück an Deck, um Ausschau zu halten, denn es war eher unwahrscheinlich, dass Gebete oder Schnaps uns aus der Patsche helfen würden. Vielleicht war die Küste nah genug, um sie schwimmend zu erreichen? Ich hätte es wohl gewagt, auch wenn das Wasser so kalt war, dass kein noch so guter Schwimmer lange überleben würde. Die *Princess* trieb jedoch immer noch durch dichten Nebel, und daran änderte sich bis zum Abend nichts. Die See war ziemlich kabbelig, was ein schlechtes Omen sein mochte, und ich achtete auf die typischen Anzeichen für einen Wetterwechsel, von denen Easy mir erzählt hatte. Das bedrohliche Wetterleuchten, das sich nach Einbruch der Dunkelheit im Osten zeigte, bedeutete gewiss nichts Gutes. Doch Pierre hatte sich in seiner Kabine eingeschlossen, und ich fand unter den Passagieren niemanden, der wusste, was zu tun war, um das Schiff sturmfest zu machen. Viele hatten sich schicksalsergeben in ihre Kojen zurückgezogen, andere beteten mit Little Kate und etliche unterstützten den Rattenfänger dabei, ein Fässchen zu leeren, das er unter den Vorräten gefunden hatte.

Ich versuchte noch einmal, mich an Pierre zu wenden, klopfte an seine Tür und öffnete sie, ohne auf eine Antwort zu warten. Der Kerl saß wie ein Aasvogel mit gekrümmtem Rücken und hochgezogenen Schultern an einem kleinen Tisch, den man von der Bordwand herunterklappen konnte, im schwachen Schein einer Öllampe. Anscheinend hatte er sich den ganzen Tag nur mit seinen Papieren beschäftigt. ›Zu wenig ... Zu wenig ... Das reicht keinesfalls ... Verdammt, das ist nicht genug ... Das kauft mir niemand ab ... Vielleicht die Kinder ... Allzu viel bringen mir die kleinen Scheißer auch nicht ein‹, sagte er halblaut, aber nicht zu mir, sondern zu seinem eigenen Schatten, der von der schaukelnden Lampe zum Tanzen gebracht wurde. Ich begriff, dass man von ihm keine Hilfe erwarten konnte.

Nie habe ich mich einsamer gefühlt als unter all den Menschen, die keinerlei Versuch unternahmen, ihre gefährliche Lage zu verbessern. Ich ahnte, dass die gesetzten Segel in einem richtigen Sturm zu einem Problem werden konnten, aber niemand wollte sein Leben aufs Spiel setzen, um sie zu reffen, so wie es die Matrosen sicher getan hätten. Keiner ließ sich dazu überreden, Ausschau nach Klippen, Land oder anderen Schiffen zu halten. Als die Windböen stärker wurden und es unter Donnergrollen zu schneien begann, zog sich ein jeder in sein Schneckenhaus zurück, um auf Untergang oder Rettung zu warten, aber nicht ein Einziger ging auf meine Bitten ein.

Was sollte ich tun? Ich wünschte, meine Mutter hätte mich Bannsprüche gegen schlechtes Wetter gelehrt, aber auch solches Hexenwerk wäre wohl nicht in der Lage gewesen, das kommende Unheil abzuwenden. Ich zählte die Sekunden zwischen Donner und Blitz, und der Abstand schmolz so rasch dahin, dass ich bald nur noch ein ständiges Grollen und unablässiges Leuchten wahrnahm. Das Schiff rollte und stampfte unkontrolliert, aus dem Schneefall wurde ein Schneegestöber und aus dem Frachtraum kamen verängstigte Schreie, als eine Sturzsee das Deck überspülte und das kalte Meerwasser seinen Weg nach unten fand. Ich war bis zuletzt an Deck geblieben. Jetzt musste ich mich in Sicherheit bringen. Zunächst schloss ich die Luke, welche die Passagiere aus Nachlässigkeit offen gelassen hatten, dann sah ich nach dem Steuerrad und prüfte das Tau, mit dem man es festgebunden hatte. Der Knoten hielt, obwohl es nur ein einfacher Schlippstek war, den Easy mir damals in Cowes beigebracht hatte. Ich fragte mich, ob das ein Hinweis des alten Matrosen sein mochte, ein letzter Gruß sozusagen, und zog mich in die kleine Rundhütte zurück, die den Seemännern als Quartier gedient hatte. Sie bot Schutz vor dem eisigen Ostwind, aber immer wenn das Schiff sich unter dem Druck des Sturmes auf die Seite legte, wurde ich gegen die Holzwand geschleudert und musste befürchten, jeden Augenblick mitsamt der Hütte über Bord gespült zu werden. In eine Wolldecke gewickelt wiederholte ich im Geiste immer wieder Easys rätselhafte Worte. ›Es geht immer nur ums Leben! Es geht immer nur ums Leben!‹ Seltsam, aber in dieser entsetzlichen Lage machte es plötzlich Sinn, dies dem Sturm trotzig entgegenzuschleudern. ›Es geht immer nur ums Leben!‹, brüllte ich und spürte die Kraft, die sich in dieser Formel verbarg. Dann ertönte ein grauenvoll knirschendes Geräusch, ein gewaltiger Ruck ließ das Schiff erbeben und schleuderte mich erneut gegen die Holzwand.«

Die zehnte Karte:

Die Vier der Stäbe

»Das muss die Sandbank zwischen Hummock und Sandy Point gewesen sein!«, unterbrach ich Long Kates Bericht. »Damals, in jener Nacht … Ich bin dort gewesen!« Nun sah ich es wieder deutlich vor mir, das krängende Schiff mit dem zerfetzten Segel am Fockmast. Es flatterte gespenstisch im Sturmwind, während schreiende Menschen sich an die Reling drängten.

»Ja«, sagte Long Kate, »die Sandbank. Mein ganzer Leib schmerzte von dem heftigen Aufprall, und es dauerte einige Zeit, ehe ich aufstehen und die Rundhütte verlassen konnte. Aus dem Bauch des Schiffes hörte ich Hilferufe. Also wankte ich zunächst über das schiefe, rutschige Deck zur Luke und öffnete sie. Der Wind war eisig und der Schnee, der mir ständig ins Gesicht geblasen wurde, machte mich fast blind. Die langsam aus dem Frachtraum kletternden Passagiere glichen taumelnden Schatten. Bald gesellten sich auch jene zu uns, die im Achterdeck ausgeharrt hatten.

›Seht!‹, rief Little Kate, die sich bis zum Hauptmast vorgewagt hatte. ›Der Herr schickt uns ein Zeichen!‹

Wir schauten alle in die Richtung, in die sie deutete, und sahen ein Licht, wie von einer schaukelnden Laterne, vielleicht hundert Ruten entfernt. Genau konnte man es nicht sagen, denn die wogende See, die Finsternis und der Schneesturm machten verlässliche Schätzungen unmöglich. Trotzdem hielten die meisten das Licht für ein gutes Omen, manche glaubten, es sei die Hecklaterne eines anderen Schiffs, das uns beistehen könnte, und einige sprangen trotz des hohen Seegangs und der wild schäumenden Brandung ins Wasser, um es zu erreichen.«

»Das schwarze Pferd«, sagte ich. »Jemand hat ihm eine Lampe an den Schweif gebunden. Ich habe es am Strand von Sandy Point gesehen. Es sollte ein Schiff auf die Sandbank locken.«

»Die *Princess* war wohl nur zufällig auf Grund gelaufen. Wir hatten keinerlei Kontrolle über ihren Kurs, aber das festgezurrte Steuerrad, der Wind und die Strömung gaben die Richtung vor, und ich frage mich noch heute, ob Glück oder Berechnung uns nach Block Island geführt hat. Das Schiff hätte unter diesen Bedingungen ebenso gut aufs Meer hinaustreiben und versinken können. Wenn ich an den Knoten am Steuerrad und die nur teilweise gerefften Segel dachte, schien es mir, als hätte Easy sein Bestes getan, um zumindest unsere Chancen zu verbessern. Nun war das sichere Land näher denn je, auch wenn uns der Sturm vorläufig daran hinderte, es zu erreichen.

Das gewaltige Donnern der aufgewühlten See, das Ächzen der Planken und Spieren, die einem ungeheuren Druck ausgesetzt waren, und das schrille Heulen der Windböen ließ uns jedoch vergessen, dass das Wetter sich früher oder später beruhigen würde und dass die beste Option darin bestand, das Ende des Sturms abzuwarten. Die Angst, dass das Schiff vorher auseinanderbrechen würde, beherrschte unsere Gedanken. Dennoch blieben wir auf dem gefährlichen Deck und schrien uns die Seele aus dem Leib, in der Hoffnung, dass dort, wo man das Licht sehen konnte, auch Menschen waren, die uns helfen konnten.

Es dauerte eine Ewigkeit, bis wir aus der Richtung des einsamen Lichts weitere Lichter näher kommen sahen. Bald konnten wir im Schein vieler Laternen und Fackeln erkennen, dass der Strand wirklich nicht weit entfernt lag.

Doch wir erkannten auch, wie heftig die Brandung war, die eine rasche Rettung verhinderte. Die Schreie ringsum wurden lauter, als ein Ruderboot gegen die schwere See ankämpfte, um das gestrandete Schiff zu erreichen. Als mein Blick auf das Boot fiel, erfasste mich eine seltsame Ruhe, denn ich wusste, dass mein Schicksal sich in den nächsten Stunden vollenden würde.«

Long Kate schwieg und deutete auf die zehnte und letzte Karte. Das Bild zeigte vier Stäbe, die so übereinanderlagen, dass sie die Speichen eines Rades bildeten. Jeder Stab trug auf einer Seite einen Widderkopf, auf der anderen eine Taube. »Das Symbol steht für Vollendung und Vollständigkeit, für den Abschluss einer schwierigen Aufgabe. Andererseits könnte es auch auf nachlässiges oder übereiltes Handeln aus Furcht hindeuten. Als die vier Männer an Bord der *Princess Augusta* kamen, stand die Vollendung kurz bevor, aber in unseren Herzen türmte sich auch eine gehörige Portion Angst auf, die zu Fehlern, Missverständnissen und unnötigem Leid führte. Wir sahen das Boot, das uns in Sicherheit bringen konnte, aber wie sollte es uns alle aufnehmen? Jeder wollte der Erste sein und dachte nur an sich selbst, doch New Port gelang es, Ordnung inmitten von Chaos zu schaffen. Seine kräftige Stimme sorgte für Ruhe und zog uns alle in ihren Bann, so dass die Kälte, der Sturm und die tosende Brandung an Bedeutung verloren und nicht mehr so bedrohlich wirkten. Die Stimme versprach Leben.«

»Ihr habt also gesehen, wie wir an Bord kamen«, drängte ich ungeduldig. »New Port und Moses, Mark Dodge und ich. Wir fassten den Plan, das Schiff freizubekommen, um es an einer günstigeren Stelle näher ans Ufer zu bringen, aber eine Sturzwelle riss uns vorzeitig los. So hat es mir New Port erzählt, aber meine Erinnerung endet an dieser Stelle. Davon, wie das Schiff die Westküste entlang südwärts trieb, habe ich nichts mitbekommen. Auch nicht davon, wie die Passagiere gerettet wurden und wie das Feuer ausbrach.«

»Ich habe vier Männer an Bord kommen sehen. Zwei schwarze, zwei weiße. Gesprochen habe ich nur mit den schwarzen, die beiden weißen sind wohl sofort nach achtern gegangen oder nach unten in den Frachtraum. Auf dem Deck drängten sich rund hundert Menschen, und es herrschte ein wildes Durcheinander, so dass ich keine Übersicht hatte und auch nicht erkennen konnte, was außerhalb meiner unmittelbaren Umgebung vorging. New Port blieb fast die ganze Zeit in meiner Nähe. Sein Bruder, Moses, verschwand, um das Schiff nach hilflosen Überlebenden zu durchkämmen, als Ruderboote von der Westküste auf uns zukamen. Little Kate sollte zehn Personen auswählen, die in New Ports Boot an Land gebracht werden sollten, vor allem die Kinder, aber sie stellte sich dumm und rief ihre getreuen Betschwestern zu sich. Daraufhin bat mich New Port, die Kinder in das längsseits vertäute Boot zu bringen. Er wollte unterdessen nach seinem Bruder suchen, der nicht wieder aufgetaucht war.

Kaum war New Port gegangen, begann Little Kate unsere Retter zu beschimpfen. Satan habe schwarze Männer aus der Hölle geschickt, um uns ins Verderben zu schicken! Der Rattenfänger pflichtete ihr bei und sagte, man könne den Fremden nicht trauen. Er und seine Kumpane stießen die Frauen und Kinder zur Seite, um selbst über ein Fallreep in das Boot hinabzusteigen. Doch als Little Kate sie aufforderte, sie mitzunehmen, lachten sie bloß und verhöhnten sie als Schlampe und Pfaffenmagd.

Ich musste hilflos zusehen, wie der Rattenfänger das Boot besetzte, und viele der jungen Burschen, die in der Kombüse mit ihm gesoffen hatten, folgten ihm. Etliche Passagiere versuchten nun, ebenfalls in das Ruderboot zu gelangen, wobei manche direkt ins eiskalte Wasser fielen, während andere zwischen das Boot und die Schiffswand gerieten und vor Todesangst und Schmerz brüllten. Das völlig überladene Boot wurde von einer mächtigen Sturzwelle erfasst, die Fangleine riss und das Meer verschlang mit unermesslichem Appetit seine Beute.

Kurz darauf kehrte New Port allein zurück. Er schwieg düster, seine Augen schimmerten, als würde er Tränen zurückhalten, und als ich ihm von dem Zwischenfall erzählte, schüttelte er nur verächtlich den Kopf. Dann deutete er auf die Boote, die von der Küste herankamen. ›Sie werden helfen‹, sagte er. ›Sie müssen.‹ Ich konnte erkennen, dass in jedem Boot fünf bis sechs Männer saßen, die gegen die Brandung ankämpften. Moses hatte sie als ›Wrecker‹ bezeichnet, die kamen, um zu plündern, nicht um zu helfen, aber vielleicht würden sie wenigstens die Kinder ans Ufer bringen. Vielleicht hatten sie Mitleid.

Eines der Boote ging bereits längsseits und einer der in schwarz glänzendes Ölzeug gekleideten Männer warf uns die Fangleine zu, die New Port geschickt auffing und an der Reling festmachte. Er rief den Wreckern etwas zu, das ich nicht verstand. Er bat sie wohl, die Kinder an Land zu bringen, aber die Kerle gingen nicht sofort darauf ein, sondern fragten laut, wie viele Kronen wir pro Person oder auch pro Fahrt bezahlen würden. Weitere Boote erreichten uns und deren Besitzer forderten ebenfalls lautstark ihr Fährgeld. Die wenigen Passagiere, die noch ein paar Münzen aufgespart hatten, drängten nach vorne, um für sich oder ihre Familie Plätze zu ergattern. Bald ging alles drunter und drüber, und ich konnte inmitten dieses Tumults nichts anderes tun, als mich an New Port festzuklammern, der vergeblich gegen das Chaos anbrüllte.

Plötzlich hörte ich von achtern ein entsetzliches Kreischen. Ich drehte mich um und sah einen brennenden Mann aus der offenen Tür am Achterschott rennen. Zunächst dachte ich, es müsse Pierre sein, aber die Gestalt brannte wie eine lebende Fackel und lief blindlings über das Deck, so dass man nichts Genaues erkennen konnte. Sie stolperte und stürzte mit einem unmenschlichen Schrei kopfüber durch die Luke des Frachtraums. Alle starrten ungläubig in diese Richtung, als wäre ein feuriger Engel vom Himmel gefallen. Kurz darauf sahen wir aus der Luke ein flackerndes Licht dringen, das heller und heller wurde, bis schließlich erste Flammen durch die breite Öffnung züngelten.

›Es brennt! Das Schiff brennt!‹ Tatsächlich breitete sich das Feuer im Bauch des Schiffes rasend schnell aus, und auch am Achterdeck drang es lodernd durch die Planken und begann mit grellen Zungen am stehenden Gut der Takelage zu lecken.

Nun gab es kein Halten mehr. Die Passagiere kletterten über die Reling und versuchten blindwütig in die Boote zu gelangen. Die Rudergänger hatten rasch die Fangleinen gelöst, als sie die Flammen bemerkten, und stießen sich von der Schiffswand ab. Menschen stürzten oder sprangen ins Wasser, klammerten sich an die Dollborde oder sogar an die Ruder der Boote. Andere versuchten, das Ufer schwimmend zu erreichen. Die Strecke zum Ufer, die man überwinden musste, war nicht so lang wie vor Sandy Point, und der Sturm begann bereits abzuflauen. Es gab einzelne Brecher und eine starke Brandung, doch auch diese wirkte weniger heftig als vor der Spitze der Insel.

›Kannst du schwimmen?‹, fragte New Port.

Ich zitterte bei dem Gedanken an das eisige Wasser, während ich im Rücken bereits die Glut des nahenden Feuers spürte. Schwimmen konnte ich nur leidlich, aber es gab keinen anderen Weg, also nickte ich. ›Wir dürfen die Kinder nicht zurücklassen … Und was ist mit deinen Freunden?‹ Die drei Männer, die mit New Port an Bord gekommen waren, blieben verschwunden, während die meisten Passagiere inzwischen ins Wasser gesprungen oder in die Boote geklettert waren. Little Kate hatte ich längst aus den Augen verloren, und Pierre hatte ich lange nicht gesehen. Doch da gab es immer noch zwei kleine Mädchen und einen Jungen, die sich weinend an meinem von verwehter Gischt und Schnee durchnässten Wollrock festklammerten.

New Port ließ seinen Blick über das leere Deck schweifen. Dann lief er kurzentschlossen zu der Rundhütte und hob die leichte Tür des Matrosenquartiers aus den Angeln. ›Daran können wir uns festhalten‹, sagte er. Die Art, wie er die Tür zur Reling schleifte und sie daranlehnte, erinnerte mich an die zahlreichen Seebestattungen, die ich mitangesehen hatte, und an die leblosen Körper, die über die Planke rutschten. Doch der Mann ging so selbstbewusst zu Werke, als würde er jeden Tag Menschen aus brennenden Wracks im Schneesturm retten, und da er keinen Moment zögerte, vertraute ich ihm und ließ seinen Mut meine Angst bezwingen. Die Kinder schienen dasselbe zu empfinden und folgten vertrauensvoll seinen Anweisungen, die er ihnen mit einfachsten Gesten und Worten vermittelte.

New Port ging voran über das Fallreep und wartete, bis ich die mit einem Tau gesicherte Holztür über die Reling gewuchtet hatte. Bald schaukelte das kleine Floß auf den Wellen und stieß immer wieder heftig gegen die Schiffswand, doch New Port hielt es mit einem Arm fest, während er sich mit dem anderen an das Fallreep klammerte, damit die Kinder an ihm vorbei- und daraufklettern konnten. Ein um die Tür gewundenes und festgeknotetes Seil diente ihnen als Halt. Ich folgte als Letzte und sprang schließlich vom Fallreep neben New Port ins Wasser. Er löste das Tau mit einem Ruck und stieß uns von der Schiffswand ab. Nun waren wir den Launen des wogenden Ozeans ausgeliefert. Ich hielt so gut es eben ging den Kopf über Wasser, klammerte mich an den

Rand des Floßes und strampelte mit den Beinen. Vom Schiff wegzukommen, stellte sich als schwieriger heraus als gedacht, und das rettende Ufer blieb für uns unsichtbar. Das ganze Unternehmen erwies sich als Wahnsinn, denn das eisige Wasser ließ unsere verbliebenen Kräfte schwinden und unseren Lebenswillen erlahmen. Wie sehnte ich mich plötzlich nach einem ruhigen Schlaf auf dem Meeresgrund! Doch wir waren nicht die Einzigen, die gegen die Wellen ankämpften. Ringsum gab es weitere Schwimmer, die um ihr Leben kämpften, und zwei oder drei stießen zu uns, um sich ebenfalls an der Tür festzuhalten und sie in Richtung Strand zu manövrieren. Allein hätten wir es nicht geschafft, doch nach einer gefühlten Ewigkeit spürte ich Grund unter den Füßen. Tief in mir löste sich ein erlösender Schrei, und mein Herz raste vor Glück. Ich blickte zurück und sah das Schiff hinter uns brennen.«

»Das ist alles?«, rief ich enttäuscht. »Ihr habt doch gesagt, dass die Karten ebenso viel über mein Schicksal wie über Eures erzählen, aber meine Geschichte scheint mit Eurer wenig zu tun zu haben. Ihr habt mich ja nicht einmal richtig gesehen und könnt auch nicht sagen, was mir an Bord des Schiffes widerfahren ist!«

Tatsächlich erinnerte ich mich ebenfalls an das brennende Wrack, an die Boote der Inselbewohner und die Menschen im Wasser, die verzweifelt versuchten, das Ufer zu erreichen. Ich erinnerte mich deutlich an die leblosen Körper, die an den Strand gespült wurden, und an das gespenstische Flackern des Feuers, das den Nachthimmel blutrot färbte, und an die gellenden Schreie ringsum. Das von Long Kate beschriebene Floß hatte ich nicht gesehen, ebenso wenig die Kinder und New Port. Was mich jedoch zutiefst verstörte, war, dass ich nicht die geringste Ahnung hatte, wie es mir gelingen konnte, der tödlichen Feuersbrunst zu entkommen und ans Ufer zu gelangen.

»Es gibt da noch etwas, was ich bislang nicht erwähnt habe. Ich fürchte, es wird dir einige Qual bereiten, aber es hat nichts mit meiner persönlichen Beobachtung oder Erfahrung zu tun, sondern geht darauf zurück, was man mir später erzählte.«

Sie schwieg, als erwarte sie mein Einverständnis, und ich bat sie mit einem ungeduldigen Wink, fortzufahren.

»Die Inselbewohner kümmerten sich um die Überlebenden. Wir wurden hier in den alten Sklavenhütten untergebracht, die in den Wintermonaten überwiegend leer standen. Man reichte uns trockene Kleidung und gab uns zu essen, und falls jemand Geld oder Gegenleistungen dafür verlangte, habe ich es überhört. Ich glaube, Mr. Ray hat dafür gesorgt, dass niemand unsere Not ausnutzte und wir alles bekamen, was wir brauchten.

Am nächsten Morgen hatte sich das Wetter beruhigt und alles lag unter einer glitzernden weißen Schneedecke. Wir schliefen die meiste Zeit und erholten uns von den Strapazen. Man ließ uns in Ruhe, plagte uns nicht mit Fragen und Forderungen, doch am dritten Tag bat Mr. Ray jene, die sich kräftig genug fühlten, ihn und ein paar andere Männer, unter ihnen auch New Port, noch einmal zum Strand zu begleiten, um die zahlreichen Toten zu identifizieren, die man dort vorläufig abgelegt hatte.

Ich ging mit, obwohl ich immer noch schwach auf den Beinen war, weil ich mit New Port sprechen und mich bei ihm bedanken wollte, wofür es bislang keine Gelegenheit gegeben hatte. Dann brachte ich jedoch kein Wort über die Lippen und reichte ihm einfach nur die Hand, wobei seine Augen plötzlich aufleuchteten, als ginge ein sehnlicher Wunsch in Erfüllung. Es war nicht die Tatsache, dass er mein Leben gerettet hatte, sondern die schlichte Schönheit dieses Augenblicks, die mich zu ihm hinzog.

Von nun an waren wir unzertrennlich. Das entfremdete mich noch mehr von meinen Landsleuten und steigerte den schäbigen Hass und die Eifersucht von Little Kate. Aber warum hätte mich das davon abhalten sollen, mein eigenes Glück zu suchen?

Am winterlichen Strand schritten wir die langen Reihen der Unglücklichen ab, die auf der Suche nach ihrem Glück nichts als Leid und Tod gefunden hatten. Es müssen ungefähr drei Dutzend gewesen sein, aber New Ports Bruder Moses und Pierre waren nicht darunter. Mr. Ray und seine Helfer hatten die Lider der Toten geschlossen und ihre Hände gefaltet. Sie hatten darauf geachtet, dass der Schnee sie nicht zudeckte, und mehrere Fuhrwagen bereitgestellt, die sie in ein frisch ausgehobenes Massengrab im Süden der Insel überführen würden, sobald ihre Angehörigen Abschied genommen hatten.

Mr. Ray, dieser würdevolle alte Mann, war selbst in Trauer. Mit versteinerter Miene sprach er ein letztes Gebet: ›Der Herr schuf seine Kinder aus Staub und Tränen, doch alle Tränen der Welt können Staub nicht zum Leben erwecken. Deshalb sollt ihr das Leben in jeder Gestalt ehren, und ihr, die ihr eure Liebsten verloren habt, lasst eure Liebe nicht enden. Amen.‹

Später erfuhr ich, dass von den vier Männern, die zur *Princess Augusta* hinausgerudert waren, um uns zu helfen, zwei im Feuer umgekommen waren. Ein dritter hatte, so schien es, den Verstand verloren. Er hatte beim Bergen der Leichen geholfen und dabei sinnlose Selbstgespräche geführt. Danach wollte er den Strand nicht verlassen. Er lief aufgeregt am Meeresufer auf und ab, als suchte er etwas Wichtiges, bis Mr. Rays Söhne ihn gewaltsam in einen Einspänner zerrten und mitnahmen. Am nächsten Tag, so hieß es, habe er sein Bündel geschnürt und einem Fischer viel Geld für eine Überfahrt zum Festland geboten.

Der Mann hieß David van Roon, ein Landvermesser,

der als Gast in Mr. Rays Haus wohnte. Man kannte ihn als mürrischen Einzelgänger, der die frommen Gebote der Inselbewohner verachtete und an der Flasche hing. Er war oft betrunken, vor allem als die Winterstürme einsetzten und er die Insel nicht verlassen konnte, obwohl seine Arbeit längst getan war. Manche behaupteten jedoch, er habe seine Abreise absichtlich hinausgezögert, da er in die Tochter von Mr. Ray vernarrt war, und als diese kurz vor Weihnachten bei einem Unglück ums Leben gekommen sei, wollte er sich mit Mr. Littlefields Wacholder buchstäblich zu Tode saufen. Das wäre ihm zweifellos gelungen, wenn die Aufregung um die auf Grund gelaufene *Princess Augusta* ihn nicht aus seinem Delirium gerissen hätte.«

Ich starrte Long Kate ungläubig an. In meinem Kopf drehte sich alles, und ich konnte keinen klaren Gedanken fassen. Mein Blick fiel auf die letzte Tarotkarte. »Vollendung?«, flüsterte ich heiser. »*Vollendung?*« Dann sprang ich auf und verließ taumelnd, wie nach einem heftigen Schlag, die Hütte der Hellseherin.

Dritter Teil:

DAS FEUER

Bist du in den Grund des Meeres gekommen und in den Fußtapfen der Tiefe gewandelt?

Hiob 38,16

1

Das Tageslicht blendete mich, als ich aus der fensterlosen Lehmhütte ins Freie trat. New Port saß mit der kleinen Gretel in der Sonne und nickte mir lächelnd zu, aber ich brachte kein Wort über die Lippen. Ich holte ein paar Münzen aus der Tasche und legte sie ungezählt neben ihn auf die schmale Steinbank. ›Setzt Euch, Mr. van Roon, Ihr seht furchtbar blass aus‹, sagte er höflich, ohne sonderlich mitfühlend zu klingen. Ich antwortete nicht, starrte ihn nur geistesabwesend an und ging langsam weiter. Mir war, als könnte ich dem Boden unter meinen Füßen nicht trauen.

Ich hatte ungefähr drei Stunden in der Hütte verbracht, doch mir kam es vor wie ein ganzes Leben. Ein verpfuschtes Leben, wenn das stimmte, was Long Kate über mich gesagt hatte. Ein mürrischer Säufer soll ich gewesen sein? Ja, ich trank hin und wieder ein Gläschen zu viel, aber was hatte das schon zu bedeuten? Und Alba ... Natürlich hatte ich ein Auge auf sie geworfen, aber welcher Mann, der über ein Mindestmaß an Sehkraft verfügte, hätte das nicht getan? Sie war schließlich eine bezaubernde Schönheit gewesen, ein funkelnder Stern inmitten von groben Kieselsteinen! Etwas in mir weigerte sich, zu akzeptieren oder auch nur anzunehmen, dass sie bei einem Unglück gestorben war, so wie es die Hellseherin eben angedeutet hatte. Wie hätte ich das je vergessen können?

Mühsam versuchte ich meine Gedanken zu ordnen. Womöglich hatte ich mir in jener Nacht, als ich im Schneesturm zu dem gestrandeten Schiff hinausruderte, ein

Gehirnfieber zugezogen. Das würde vielleicht erklären, warum ich mich an nichts erinnerte und warum ich am nächsten Morgen vollkommen verwirrt gewesen war. Andererseits hätte mich ein solches Fieber wohl daran gehindert, die Insel so rasch zu verlassen.

Ohne bestimmtes Ziel ging ich einfach weiter nach Süden und folgte dem Ufer des Great Salt Pond bis zum Hafen. Beim Anblick der schaukelnden Fischerboote fragte ich mich, ob es nicht vernünftig wäre, sofort zum Festland zurückzukehren und die ganze Sache ruhen zu lassen. Solange mich niemand beschuldigte, etwas Falsches getan zu haben, musste ich mich nicht verantwortlich fühlen ... Wenn es nur so einfach gewesen wäre! Aber ich konnte diese unbeschreibliche Last auf meinen Schultern nicht abwerfen. Im Gegenteil: Long Kates Bericht hatte sie nur noch schwerer gemacht, obwohl ich in ihren Worten keinerlei eindeutigen Vorwurf erkannte.

Ich konnte jedoch nicht leugnen, dass einzelne Episoden oder auch nur bestimmte Stichworte mein Innerstes schier unerträglich aufgewühlt hatten. Es fühlte sich an wie ein eingetretener Dorn, der zu tief eingedrungen ist, um ihn zu erkennen und zu beseitigen, der aber immerzu Schmerzen bereitet. Ihn zu ignorieren, machte keinen Sinn, denn dann würde der Schmerz niemals enden. Also musste man tiefer in der Wunde bohren.

Rasch ließ ich den Hafen hinter mir und lenkte meine Schritte in Richtung Friedhof, an dem ich bereits am Vorabend vorbeigegangen war. Ich öffnete das Gittertor und suchte nach neueren Gräbern. Da viele der ersten Siedler noch lebten, gab es wenige Grabsteine oder Holzkreuze und keine großen Familiengräber, wie man sie in Philadelphia und anderen Städten findet. Alles wirkte sehr schlicht, fast provisorisch, und die Bäume, die man auf dem Gelände gepflanzt hatte, würden wohl erst den kommenden Generationen nennenswert Schatten spenden. Ich war nicht der einzige Besucher. Ein Mann im groben Gewand der hiesigen Fischer und mit einem dichten, schlohweißen Vollbart stand an einem der Gräber und schien Zwiesprache mit der oder dem Verstorbenen zu halten. Ich sah, wie er etwas auf dem Boden vor dem Grabstein abstellte, und ging zu ihm.

»Mein Sohn«, sagte er, ohne mich anzusehen. »Aber das Grab ist leer, wir haben seine sterblichen Überreste nicht finden können.«

»Ihr seid Mr. Dodge, der Vater von Mark!« Ich hatte die Inschrift auf dem Stein gelesen. »Ich habe Euren Sohn gekannt ... Nicht besonders gut freilich.«

»Eigentlich hat ihn niemand gut gekannt. Nicht einmal ich, und das geb ich ungern zu, schließlich war er mein einziges Kind. Das kleine Volk muss meinen leiblichen Sohn gegen 'nen Wechselbalg ausgetauscht haben, als er noch in der Wiege lag, denn er ist mir immer fremd geblieben. Aber ich hab mir Mühe gegeben, und jetzt vermiss ich ihn, obwohl er mich gehasst hat.«

»Ich habe gehört, dass er einmal nachts aus dem Boot gefallen ist.« Mir fielen all die Gerüchte wieder ein, die sich um Mad Dodge und den Ursprung seines Wahnsinns rankten.

»Nein, nein, das war ganz anders. Ich bin selber mal über Bord gegangen und wär fast ertrunken. Mark stand an der Reling und hat Maulaffen feilgehalten, anstatt mir ein Tau zuzuwerfen. So war er eben ... Nicht das hellste Licht auf Gottes Erden, aber ich hab ihm keine Vorwürfe gemacht deswegen. Vielleicht hätt ich strenger sein sollen, um seinen krummen Verstand geradezubiegen, dann wär er jetzt noch am Leben. Ich hab nicht das Gefühl, dass er seinen Frieden gefunden hat. Er geht immer noch um, und ich stell ihm ab und an einen Wacholder hin, damit er sich in kalten Nächten aufwärmen kann. An Geister hab ich ja eigentlich nie geglaubt, aber die Flasche ist immer leer, wenn ich wiederkomm.«

»Er ist damals mit der *Princess Augusta* untergegangen, nicht wahr?«, fragte ich und versuchte, die Schnapsflasche zu ignorieren.

»Das müsst Ihr doch am besten wissen!«, antwortete Mr. Dodge mit einem ungehaltenen Stirnrunzeln. »Ihr seid doch der Feldmesser, mit dem er so gern herumgestrolcht ist, wie?«

»Er hat sich für meine Arbeit interessiert.«

»Dass er sich für irgendeine Arbeit interessiert hätte, kann ich mir kaum vorstellen ... Habt Ihr gesehen, was auf der *Princess* passiert ist? Ihr seid doch damals mit ihm rausgerudert.«

»Als das Schiff sich von der Sandbank löste, bin ich gestolpert und habe das Bewusstsein verloren«, behauptete ich. »Seitdem frage ich mich, was wirklich vorgefallen ist. Ich habe mit Little Kate und Long Kate gesprochen, bin aber deswegen nicht viel klüger als vorher.«

»Herrgott, das kann ich mir vorstellen. Ich bin zweimal drüben bei Long Kate gewesen und hab mir die Karten legen lassen, und sie hat mir jedes Mal was anderes erzählt.«

»Wie kann das sein?«

»Das hab ich sie auch gefragt, und sie hat nur gesagt, dass es ganz allein auf die Karten ankommt – welche gezogen werden und welche nicht, welche Reihenfolge sie bilden und wie sie zueinander stehen. Ihre Geschichte ändert sich mit den Karten. Nicht völlig, aber in den kleinen Nebensachen und Deutungen. Ich versteh nichts davon, aber so wie ich es sehe, ist es entweder Humbug oder eine Philosophie für Mondsüchtige.«

»Dass die *Princess* als Geisterschiff wiederkehrt, haltet Ihr auch für Humbug?«

»Nein. Ich hab's ja selber gesehen. Schon öfter und

lange bevor die Zeitungen drüber geschrieben haben. Das alles hat aber nichts mit Gespenstern zu tun, sondern mit Fischen.«

»Wie bitte?«

»Ja, sicher. Da draußen gibt's eine Art Hering, den wir Menhaden oder Bunker nennen. Der hat so ölige Schuppen, die im Dunkeln matt leuchten. Wenn ein großer Schwarm knapp unter der Oberfläche schwimmt, sieht man ein Leuchten und dieses Leuchten wird zuweilen von Nebelschwaden aufgenommen. Manchmal sieht's wirklich aus wie ein brennendes Schiff, wenn der Nebel das Licht reflektiert. Aber Geister hab ich dort draußen nie getroffen – Gott bewahre!«

2

Die einfache Erklärung des Fischers für das brennende Geisterschiff verblüffte mich. Womöglich ließ sich alles, was in jenen Winternächten geschehen war, ebenso einfach erklären und es steckte am Ende nur eine unglückliche Verkettung von Zufällen dahinter.

»Ich wollte eigentlich das Grab von Alba Ray besuchen«, sagte ich zu Mr. Dodge, in der Hoffnung, ihm noch ein paar Informationen entlocken zu können.

Er zeigte mir die Stelle. Ich starrte schweigend auf das Kreuz und einen Strauß verwelkter Blumen. Nichts davon passte zu der jungen Frau, die ich damals kennengelernt hatte. Ihre Sommersprossen und ihre schalkhaft blitzenden Augen, ihr flammend rotes Haar – das alles kündete von der unbezähmbaren Kraft des Lebens. Dieses Licht hätte niemals erlöschen dürfen. Einen Moment sah ich sie wieder vor mir, doch der Ausdruck in ihren Augen war weder schalkhaft noch heiter, sondern tadelnd und voller Furcht.

»Schrecklich, dieser Unfall«, sagte ich, obwohl ich nicht das Geringste darüber wusste. Er schluckte den Köder.

»Unfall … Na, ich weiß nicht. An der Sache war irgendwas faul. Alba kannte die Insel doch wie ihre Westentasche. Sie wär bestimmt nie ahnungslos über einen Pechtümpel gelaufen, auch nicht im Winter.«

»Aber der Schnee hat alles zugedeckt.«

»Sicher, wie jeden Winter. Deswegen bleiben wir immer auf den Wegen und orientieren uns an den Steinmauern. Niemand läuft querfeldein, wenn der Schnee schon so hoch liegt. Ich glaub, sie ist vor jemandem weggelaufen.«

»Oder sie hat nach jemandem gesucht. Nach ihrer Katze vielleicht«, schlug ich rasch vor, als er mir einen prüfenden Seitenblick zuwarf.

»Jedenfalls war sie nicht zum Blumenpflücken draußen«, knurrte der Fischer und holte seine Pfeife heraus. »Habt Ihr sie nicht damals gefunden und Hilfe geholt?«

Hatte ich das? Ich konnte mich nicht erinnern, aber ich nickte trotzdem. »Sie hat mich immer vor diesen vermaledeiten Tümpeln gewarnt«, sagte ich ausweichend.

Er schwieg und zündete seine Pfeife an. Die Art, wie er mich musterte, gefiel mir nicht. »Der kleine Gott der Insel spielt uns manchmal seltsame Streiche«, murmelte er schließlich. »Ganz egal, ob man an ihn glaubt oder nicht.«

Dann tippte er kurz an seine Mütze und ließ mich mit meinen trüben Gedanken allein. Als er verschwunden war, ging ich zurück zu Mark Dodges Grabstein und holte mir die Flasche. Mein Magen knurrte. Ein kleiner Schluck würde mir guttun und den schlechten Geschmack von der Zunge brennen.

Der Wacholder weckte meine Lebensgeister. Ich füllte den Inhalt in meinen leeren Flachmann um und stellte die Flasche zurück an ihren Platz. Heute war ich die übernatürliche Macht, die den Schnaps verschwinden ließ. Dabei fiel mir ein, dass es in meinem Fall nicht anders sein mochte: Jemand, der die leere Flasche auf dem Friedhof fand, würde im Scherz oder im Ernst von Gespenstern sprechen, obwohl nur ein durstiger Wandersmann dahintersteckte. Meine Gedächtnislücken waren vielleicht ebenso rational erklärbar, aber weil alles, was damit zusammenhing – der Schiffbruch, das Feuer, die rätselhaften Todesfälle –, so überaus ungewöhnlich war, wollte ich mich nicht mit einer banalen Antwort zufriedengeben.

Ich verließ den Friedhof nachdenklich. Was Mr. Dodge über Long Kate gesagt hatte, bereitete mir Kopfzerbrechen. Ich hatte ihren Worten vertraut, auch wenn mir manches arg übertrieben vorkam. Vieles schien darauf abzuzielen, Little Kate in ein schlechtes Licht zu rücken: So hatte Long Kate zum Beispiel ihre Rivalin für den Tod dreier Kinder verantwortlich gemacht und zum Schluss betont, selbst drei gerettet zu haben. Würde ich Little Kate danach fragen, würde sie wahrscheinlich das Gegenteil behaupten. Vielleicht bildete ich mir das nur ein, aber viele Aspekte dieser ganzen Geschichte konnte man wie eine Seite einer Münze betrachten. Man konnte sie ganz leicht umdrehen, so dass sich ein konträres Bild ergab. Das galt auch für Long Kates Tarotkarten: Ob man sie jeweils gut oder schlecht auslegt, liegt im Auge des Betrachters. Und die Hellseherin war sehr geschickt darin, ihre eigene Geschichte damit zu verknüpfen und gleichzeitig an mein Innerstes zu rühren, um meine verschütteten Erinnerungen freizulegen. Sie hatte mich bewusst provoziert und genau auf meine Reaktionen geachtet. Sie hatte Wörter wie Samenkörner gestreut und darauf gewartet, dass die Saat aufgeht. Doch die Samen waren auf trockenen Boden gefallen und der Regen blieb aus. In mir tobte ein Gewitter, doch die Blitze schlugen nicht ein und erhellten die Landschaft zu kurz, um etwas deutlich erkennen zu können. Es gab einzelne verstörende Bilder, die jedoch ohne Zusammenhang blieben. Was konnte ich jetzt noch tun, um das zu ändern?

Wer wusste, was damals geschehen war? Wer wusste mehr, als Long Kate mir bereits erzählt hatte? Little Kate würde mir wohl lediglich eine Version der Geschichte anbieten, die ihren Hass auf Long Kate rechtfertigte. Etwas anderes traute ich ihr nicht zu, und sie hatte sich ja bereits hartnäckig geweigert, ausführlicher zu berichten. New Port würde Long Kates Geschichte bestätigen, und

Long Kate würde die Karten neu legen und meine Verwirrung durch eine neue Deutung nur vergrößern.

Aber hatte sie nicht immer wieder betont, dass die Karten nicht nur ihre, sondern auch meine Geschichte erzählten? Ich versuchte, mir die verschiedenen Symbole ins Gedächtnis zu rufen. Leichter gesagt als getan. In meinem Kopf purzelte alles durcheinander, und ich hatte Schwierigkeiten, die richtige Reihenfolge wiederherzustellen. Also nahm ich erst einmal einen kräftigen Schluck aus dem Flachmann. Dann noch einen, denn auf einem Bein kann man nicht stehen. Daraufhin traf mich nicht etwa ein Geistesblitz. Im Gegenteil: Mich erfasste eine abgrundtiefe Verzweiflung, eine seelische Sonnenfinsternis und der Wunsch, einfach aufzugeben und die rätselhaften Gewissensbisse, die mich immer noch plagten, in Alkohol zu ertränken.

Am liebsten hätte ich mich an Ort und Stelle auf den Boden gelegt, um die langen Stunden des Tages über mich hinwegtreiben zu lassen wie weiße Wolken. Doch schließlich raffte ich mich auf, um mir ein ruhiges Plätzchen zum Nachdenken zu suchen. Ich folgte den niedrigen Steinmauern, die die Grundstücke trennten und die Felder begrenzten. Hin und wieder sah ich einen Bauern seinen Acker pflügen oder Mägde, die das Saatgut ausstreuten und Seetang auf die offene Erde legten. Ich beschloss, den dichter besiedelten Teil der Insel hinter mir zu lassen und vorbei am Great Salt Pond zu dem Strand an der Westküste zu gehen, wo die letzten Überlebenden der *Princess Augusta* an Land gekommen waren.

Hier lagen zwei große Ruderboote und ein kleines kieloben auf dem Sand. Nichts erinnerte an die Katastrophe, die sich hier abgespielt hatte. Das Meer glitzerte friedlich unter der Frühlingssonne, und die Wellen leckten so schüchtern am Ufer, als wüssten sie nichts von Winterstürmen, fliegender Gischt und tosender Brandung.

Ich setzte mich vor das kleine Boot, lehnte mich dagegen und gönnte mir einen weiteren Schluck Wacholder. Nur einen kleinen, denn während ich auf das weite Meer hinausschaute, weitete sich auch meine Seele und vor meinem inneren Auge leuchteten erneut die Symbole der abgenutzten und ausgebleichten Tarotkarten auf, die Long Kate für mich gedeutet hatte. Vielleicht waren sie wirklich der Schlüssel? Vielleicht gelang es mir doch noch, diese unheilvolle Truhe auf dem Grund meines Herzens zu öffnen.

3

Wenn ich die Augen schloss, hörte ich erneut Long Kates klangvolle Stimme mit dem eigentümlichen Akzent, der zweifellos zu ihrer geheimnisvollen Kunst passte – wenn es denn eine Kunst war und nicht nur billiger Budenzauber. Sie hatte die erste Karte gelegt und von Trauer gesprochen. Mir war dieses Gefühl nicht fremd; eigentlich durchzog es mein ganzes Leben. Wo seine Wurzel lag, wusste ich nicht, womöglich handelte es sich um einen angeborenen Hang zur Melancholie, jedenfalls hatte es mich von meinen tüchtigen Geschwistern, sogar von meinem stets hilfsbereiten Onkel Solomon entfremdet und mich regelmäßig dazu verführt, Trost in der Einsamkeit zu suchen. Natürlich war das ein trügerischer Trost, genauso wie der Alkohol, und verstärkte nur den Kummer, den ich eigentlich überwinden wollte.

Dann die zweite Karte: Veränderung. Die Überwindung der Dunkelheit. Diese Begriffe verband ich mit meiner ersten Reise nach Block Island, denn ich hatte von Anfang an eine tiefe Verbundenheit mit diesem abgelegenen Ort gespürt. Die Rays wurden mir eine Ersatzfamilie, obwohl ich ihre religiösen Überzeugungen nicht teilte, und Alba … Sie weckte etwas Unbekanntes in mir, die Hoffnung auf einen Ausweg. Sie muss mir sehr viel bedeutet haben, auch wenn von dem bezwingenden Ruf nur ein leises, kaum hörbares Flüstern geblieben war.

Die dritte Karte deutete darauf hin, dass die ersehnte Veränderung nicht eintraf. Meine Hoffnung wurde enttäuscht und ich versank in dem üblichen Sumpf aus unterdrückter Wut und Selbstmitleid.

Die vierte Karte musste sich auf Albas Unfall beziehen: Das Licht steigt hinab in die Dunkelheit. Rätselhaft blieb jedoch das freiwillige oder unfreiwillige Opfer, auf das diese Karte anspielte. Hatte Alba sich etwa geopfert oder war ihr Tod ein Opfer? Das ergab keinen Sinn für mich.

Die fünfte Karte sprach von Mühsal und harter Arbeit. Dabei dachte ich spontan an die Nacht des Schiffbruchs, als ich mit Mark, Moses und New Port trotz Sturm und schwerer See zu dem Wrack hinausruderte, um den Überlebenden beizustehen.

Demnach bezogen sich die nächsten Karten vermutlich auf das, was sich an Bord der *Princess Augusta* zugetragen hatte. Die sechste Karte bedeutete Gefahr und plötzlichen Tod, die siebte Grausamkeit und Heuchelei, die achte Wahnsinn und Scheitern, die neunte Rücksichtslosigkeit und Besessenheit. Ich erinnerte mich an den brennenden Mann, von dem Long Kate erzählt hatte, und an das Feuer, an das bleiche Gesicht, das sich über mich beugte, und an den Anblick des Schiffs in Flammen. War ich vielleicht selbst der Grausame, der Heuchler, der Wahnsinnige und Besessene oder fiel ich solch einer dunklen Macht zum Opfer? Mir graute vor beiden Möglichkeiten. Noch mehr graute mir allerdings vor der Erkenntnis, dass diese schicksalhaften Augenblicke so vollständig aus meinem Gedächtnis gelöscht waren. Hätte ich meine Schuld erkannt, hätte ich wenigstens um Vergebung bitten können, doch so blieb nur tonnenschwere Dunkelheit, die mich langsam erdrückte.

Und schließlich die zehnte Karte: Vollendung. Das hatte offensichtlich nichts mit mir zu tun, es sei denn, es bezog sich auf eine unwägbare Zukunft. Die alternative Auslegung konnte ich eher nachvollziehen. Ein übereiltes Handeln aus Furcht mochte sich auf meine Flucht von der Insel beziehen. Vielleicht bot meine Rückkehr nun die Möglichkeit, die erstgenannte Deutung Wirklichkeit werden zu lassen. Diese Vorstellung glich einem winzigen Hoffnungsschimmer vor dem Hintergrund all dieser entsetzlichen dunklen Flecken, dieser hungrigen Mäuler aus Finsternis, die sich wurmartig durch meinen Verstand fraßen.

Ich wollte noch einen Schluck Wacholderschnaps nehmen, doch der Flachmann war leer. Es war nun später Nachmittag. Noch blieb genug Zeit, um einen der Fischer für die Rückfahrt aufzutreiben oder ein Quartier für die Nacht zu suchen und irgendwo zu Abend zu essen. Mr. Rays Gastfreundschaft wollte ich auf keinen Fall in Anspruch nehmen. Nun, da ich wusste, dass Alba etwas Schreckliches zugestoßen war und ich dabei womöglich die Hand im Spiel gehabt hatte, konnte ich ihm unmöglich unter die Augen treten. Allein der Gedanke bereitete mir Höllenqualen. Also lehnte ich mich einfach zurück, um ein wenig zu schlafen. Ich war sowieso zu müde und ausgelaugt, um noch irgendwohin zu gehen oder mit irgendjemand zu sprechen.

Ich muss wohl tatsächlich eingenickt sein, denn als ich die Augen öffnete, ging gerade die Sonne unter. Der wolkenlose Himmel färbte sich rötlich, während die glühende Scheibe langsam hinter den Horizont sank und sich ein magisches Glitzern fächerförmig über den Ozean breitete. Die Nacht versprach kühl zu werden, und es war leichtsinnig, hier am Strand auszuharren, aber ich wartete dennoch auf die Dunkelheit. Nichts und niemand könnte meine Fragen besser beantworten als die Dunkelheit und das Meer.

Ungefähr zwei Stunden später herrschte völlige Finsternis. Dichte Wolken waren rasch aufgezogen und verbargen den fahlen Buckelmond und die Sterne. Ich starrte gebannt hinaus auf das Meer, als könnte ich allein durch meinen Willen das brennende Schiff heraufbeschwören. Doch meine begrenzte Kraft konnte sich nicht mit der gleichgültigen Leere messen.

Bald war es zu kalt, um länger zu verweilen. Mich fröstelte, und ich stand schließlich auf. Ich ging am Strand auf und ab und versuchte mir erneut ins Gedächtnis zu rufen, was ich damals, vor mehr als fünfzehn Monaten, gesehen und empfunden hatte. Das Schiff, das Feuer, der brennende Mann. Es war alles so weit weg, dass ich nicht einmal sagen konnte, was ich selbst erlebt hatte und was davon aus den Berichten von Long Kate und New Port stammte.

Dann lugte der Mond hinter den Wolken hervor und tauchte den Strand und seine Umgebung in fahles Licht. Ich warf einen unentschlossenen Blick auf die drei Boote, und dabei fielen mir wieder Long Kates Tarotkarten ein und wie ich sie interpretiert hatte. Die ersten fünf glaubte ich deuten zu können, die übrigen blieben mir verschlossen. Wenn ich die Hellseherin richtig verstanden hatte, konnten sich die Symbole sowohl auf die Vergangenheit als auch auf die Zukunft beziehen. Vielleicht hatte ich die letzten fünf Karten nur deshalb nicht richtig einordnen können, weil sie sich auf zukünftige Ereignisse bezogen. Die Vollendung lag vor mir, nicht hinter mir, doch auf dem Weg dorthin lauerten Gefahr, Wahnsinn und Besessenheit. Auch die fünfte Karte mochte in diese Richtung weisen, indem sie von harter Arbeit und Mühsal kündete – von der Mühe, die es mich kosten würde, das Rätsel zu lösen.

Dass ich diese Schlussfolgerung für vollkommen logisch hielt, lag vermutlich eher an meinen überspannten Nerven, am Alkohol und an meinem leeren Magen als an meinen überragenden Geisteskräften. Ich hielt es tatsächlich für sinnvoll, dort anzusetzen, wo mein Gedächtnis mich im Stich ließ, und noch einmal hinauszurudern, so wie wir es damals in jener Sturmnacht getan hatten. Diesmal war ich auf mich allein gestellt, und es gab kein bestimmtes Ziel, doch indem ich mich erneut einer ähnlichen Erfahrung aussetzte, würde es mir gelingen, endlich das freizusetzen, was verschüttet wurde, und wiederzufinden, was verloren gegangen war.

Dessen war ich mir sicher, und ich kam gar nicht erst auf die eigentlich naheliegende Idee, dass es Dinge gibt, die besser im Verborgenen bleiben. Unwissenheit ist manchmal ein Segen, Wissen ein Fluch. Aber ich wollte unbedingt hinter den schwarzen Vorhang blicken.

4

Als ich das kleinste der drei Boote umdrehte, fand ich darunter im Sand die passenden Riemen. Ich legte sie in das Boot und schob es mühsam über den Strand ins immer noch ruhige, aber recht kalte Wasser. Ich glaubte, das Richtige zu tun, denn im Grunde gab es nichts, was ich sonst hätte tun können. Mein Hemd war unter dem schwarzen Gehrock bereits völlig durchgeschwitzt, als ich an Bord kletterte und die Riemen zwischen die Dollpflöcke legte und zu rudern begann. Obwohl die Brandung nicht besonders stark war, kostete es mich viel Kraft, gegen sie anzukämpfen, doch bald hatte ich meinen Rhythmus gefunden und pullte ruhig und gleichmäßig. Ich ignorierte die Schmerzen im Rücken und in den Armen, hervorgerufen durch die ungewohnte Anstrengung, und starrte in die Finsternis. Hin und wieder schaute ich in Richtung Küste, die sich nur langsam entfernte und in trübes Mondlicht getaucht wurde, wann immer der Mond eine Lücke zwischen den dahintreibenden Wolken fand.

Manchmal erblickte ich vorlich einen undeutlichen Schimmer, aber vielleicht bildete ich es mir nur ein und sah das, was ich zu sehen hoffte und was mich weiter hinauslockte. Ich dachte an die leuchtenden Fischschwärme, von denen Mr. Dodge erzählt hatte, aber die Vorstellung, dass ein paar Fische und einige Nebelschwaden das Bild eines brennenden Schiffes erzeugen könnten, kam mir lächerlich vor. An Geister zu glauben fiel mir leichter.

Ich ruderte blindlings weiter, bis zur völligen Erschöpfung. Die Küste war verschwunden, und vor dem Bug gab es nichts als das träge wogende Meer und die unermessliche Nacht. Nun, da ich aufgehört hatte zu rudern, merkte ich, dass meine Stiefel im Wasser standen. Das Boot hatte irgendwo ein Leck, und es war nur eine Frage der Zeit, wann es volllaufen und sinken würde. Die Küste war zu weit entfernt, um sie schwimmend zu erreichen, und das Wasser zu kalt, um lange durchzuhalten, zumal ich mich jetzt schon überfordert fühlte. Also wendete ich das Boot. Ich musste meinen absurden Plan aufgeben, der mich womöglich noch das Leben kosten würde, wenn ich nicht meine letzten Kräfte mobilisierte.

Das Rudern fiel mir immer schwerer, und das Wasser unter der Ducht stieg immer höher. Also zog ich die Ruder ein und begann das Boot mit den bloßen Händen auszuschöpfen. Falls ich das Leck fand und es nicht zu groß war, konnte ich es vielleicht provisorisch mit meinem Halstuch stopfen.

Während ich völlig durchnässt auf dem Boden herumkroch und nach dem Leck tastete, wurde es allmählich heller. Hatte ich die ganze Nacht auf hoher See verbracht? Ging bereits die Sonne auf? Nein, unmöglich, denn ich sah ein mattes Flackern wie von einer Fackel hinter einem schmutzigen Buntglasfenster; direkt vor mir, in der Richtung, in der ich nun die Küste vermutete. Nachdem ich das Leck gefunden und notdürftig gestopft hatte, ruderte ich zitternd darauf zu.

Als ich näher kam, schien sich das Flackern über der Wasseroberfläche und kurz darauf auch himmelwärts auszubreiten. Auf den ersten Blick hielt ich es für ein rahgetakeltes Schiff, dessen Rumpf an mehreren Stellen in Flammen stand. Die unteren Segel wurden durch den Widerschein gerade noch sichtbar gemacht, dann fingen Besansegel und Fockstagsegel Feuer, und die Flammen kletterten an ihnen hinauf zu den Rahen. Auch das schwere Großsegel begann nun zu brennen, und die wild lodernden Flammen breiteten sich rasend schnell nach oben aus. Sie zögerten kurz an den Rahen, bevor sie noch höher zu den Marssegeln und Toppsegeln sprangen. Als auch der Klüver brannte, sah ich deutlich die pyramidenförmige Gestalt eines brennenden Dreimasters vor mir. Doch es war kein gewöhnliches Feuer, denn ich spürte nichts von der Hitze, die bei dem Brand der *Princess Augusta* gewaltig gewesen war, und es lag keinerlei Rauch in der Luft. Es glich eher dem kalten rötlich-violetten Schein des Elmsfeuers oder des Nordlichts, von dem die alten Seefahrer berichten.

Seltsam, aber der Anblick dieser unwirklichen Erscheinung ließ mich die tödliche Gefahr, in der ich schwebte, vergessen. Ich vergaß meine Schmerzen, ebenso die Kälte, Nässe und Erschöpfung, und zitterte nicht mehr vor Angst, sondern vor Erwartung. Eine überwältigende, hoffnungsvolle Neugier erfüllte mich. Das Schiff kam geräuschlos näher, ohne dass ich mich erneut in die Riemen gelegt hätte. Das Dollbord des kleinen Ruderboots stieß mit einem kaum spürbaren Ruck an die Schiffswand und glitt längsseits an ihr entlang. Ich konnte sie sogar berühren, wobei bald eine kleine Flamme auf meine Hand übersprang und sie in gespenstisch loderndes, aber dennoch kaltes, sanft prickelndes Licht tauchte. Die erhabene Schönheit dieses rätselhaften Phänomens überwältigte mich, und ich spürte warme Tränen ungehemmt über meine Wangen fließen.

Ich bekam ein Fallreep zu fassen und knotete die Fangleine des Boots daran fest, wobei beides von demselben heiligen Feuer umfangen wurde. Eine Handbewegung genügte, um es zurückzudrängen. Dann kletterte ich über das Fallreep an Bord.

Das Deck war menschenleer, und die Stille, die dort herrschte, erinnerte an eine verlassene Kathedrale. Das

Knarzen der Planken unter meinen Stiefeln klang in dieser Umgebung erschreckend laut, gab mir aber auch das Gefühl, ein echtes Schiff betreten zu haben, kein bloßes Phantom. Alles war genauso, wie ich es damals auf der *Princess Augusta* gesehen hatte. Bis auf die schreienden Männer, Frauen und Kinder. Da war auch die Rundhütte, von der Long Kate erzählt hatte. Ich stellte fest, dass die Tür zur Hütte fehlte. Die Luke zum Frachtraum stand offen, ebenso die Tür im Achterschott, die zum Kajütgang führte. Aus allen Öffnungen loderten Flammenzungen, die offenbar völlig ungefährlich durchquert werden konnten und nicht mehr als ein Prickeln auslösten, wenn man die Hand hineinhielt. Ein Wunder, das mich immer wieder aufs Neue verblüffte.

So ging ich geradewegs durch das Feuer nach achtern in den Kajütgang und weiter in die Kapitänskajüte, die noch nicht gänzlich von den Flammen erfüllt war, obwohl die Wände an Backbord und Steuerbord stellenweise brannten, ebenso wie der Kartentisch am Heckfenster. Auf den Planken neben der Koje lag eine leblose Gestalt auf dem Bauch, der linke Arm und das linke Bein angewinkelt, das Gesicht abgewandt. Der Mann trug wie ich einen schwarzen Gehrock. Ich kniete mich hin und beugte mich über ihn. Er stöhnte plötzlich, wälzte sich herum und sah mich an.

Es war, als blickte ich in einen Spiegel.

5

»Was geht hier vor?«, fragte ich den Mann, der mich ratlos aus hellblauen Augen ansah. Dann hustete er und schaute sich hektisch um.

»Das Feuer!«, rief er. »Wir müssen hier raus, bevor es zu spät ist. Die anderen sind längst von Bord.«

»Das Feuer ist harmlos. Schau!« Ich hielt eine Hand in die Flammen und spürte fast nichts. Er starrte mich an und schüttelte wild den Kopf. »Nein, es ist heiß wie die Hölle und breitet sich weiter aus. Diese Hitze ist unerträglich. Wir enden beide als Schmorbraten!«

»Nein, bestimmt nicht. Ich helfe dir, das Schiff zu verlassen. Wir sind anscheinend die Letzten, aber wir haben noch ein paar Minuten. Du musst mir sagen, was passiert ist, sonst sind wir beide verloren.«

»Was passiert ist? Das Schiff brennt, und bald brennen auch wir.«

»Nicht so bald, vertrau mir. Ich muss wissen, was mit Alba geschah und wie Mark Dodge und Moses gestorben sind. Du bist der Einzige, der es mir sagen kann, und ich allein kann dich vor den Flammen retten.«

Er versuchte aufzustehen. Anscheinend wollte er durch das Heckfenster fliehen, aber ich hielt ihn zurück. »Rede, David, und rette dein gottverdammtes Leben.«

So erfuhr ich schließlich die Wahrheit oder eher das, was er für die Wahrheit ausgab und in wenigen Sätzen erzählte. Sein Bericht fiel so kurz und knapp aus, dass ich ihn hier mit meinen eigenen Schlussfolgerungen ergänze: David van Roon, landloser Landvermesser, einsamer Grübler, Quartalssäufer und wandernder Misanthrop, hatte zum ersten Mal in seinem langweiligen Leben einen Stern gesehen. Einen Stern der Verheißung, der ihn darüber nachdenken ließ, wie es wäre, endlich sesshaft zu werden, zu heiraten, eine Familie zu gründen, und er glaubte, einen Menschen gefunden zu haben, der sich diesem schönen Plan bereitwillig fügen würde. An einem Winterabend vor Weihnachten hatte er Alba Ray zu einem Spaziergang eingeladen, um ihr etwas zu offenbaren, das ihn schon seit vielen Wochen quälte. Leider hatte er keinerlei Erfahrung in solchen heiklen, zwischenmenschlichen Angelegenheiten, und er wusste lediglich, dass man vor seiner Erwählten auf die Knie sinkt und ihr einen Ring überreicht. Den fraglichen Ring hatte er nächtelang aus einem Stück Treibholz geschnitzt. Ebenso viele Nächte hatte er damit verbracht, die passenden Worte zu finden. In seiner Vorstellung klangen sie herrlich, doch als er sie Alba schließlich stammelnd vortrug, fehlte es ihnen an Überzeugungskraft.

Sie wies ihn höflich, aber unmissverständlich ab: »Mynheer, Ihr liebt mich nicht, Ihr liebt die Einsamkeit und den Schnaps und würdet beides nur ungern aufgeben. Wollt Ihr etwa zwei Menschen unglücklich machen?«

»Aber nein, ich will alles tun …«

»Ihr habt auch jetzt zu viel getrunken. Euer Atem stinkt nach Fusel. Seid Ihr es, der zu mir spricht, oder ist es der Teufel Alkohol?«

»Ich habe eine gute Arbeit und … und die besten Aussichten. Mein Onkel leitet einen Kartenverlag und ich werde sein Nachfolger. Ich werde Euch jeden Wunsch erfüllen können, ein Haus in der Stadt, Gesellschaften, Bälle. Ja, ich trinke gelegentlich einen Schluck, um mich aufzuwärmen, aber wer tut das nicht?«

»New Port hat mir erzählt, dass er viel von Euch gelernt

hat, und Eure Arbeit ist gewiss interessant, nur hättet Ihr hin und wieder auch selbst etwas tun können, anstatt den armen Mann mit dem verletzten Fuß kreuz und quer über die Insel zu jagen!«

Darauf fiel ihm keine bessere Antwort ein, als sie festzuhalten, um sie auf tölpelhafte Weise zu küssen, doch sie riss sich los und lief fort in die Dunkelheit. Er rannte hinterher, in der Absicht, sich zu entschuldigen, denn er wollte die Sache wenigstens halbwegs ehrenhaft zu Ende bringen. Sie war jedoch viel schneller als er, und er musste bald keuchend stehenbleiben. Es hatte heftig zu schneien begonnen, so dass er nur wenige Schritte weit sehen konnte. Dann hörte er einen markerschütternden Schrei, der ihn erstarren ließ.

Er riss sich zusammen und rannte durch das Schneegestöber in die Richtung, aus welcher der Schrei gekommen war, doch schon nach wenigen Schritten stieß er auf Mark Dodge, der ihn mit einer verlegenen Miene ansah.

»Was hast du getan? Was zur Hölle hast du getan?«, schrie David, doch Mark lächelte nur und sagte: »Ihr solltet Euch fragen, was Ihr getan habt, Mynheer. Aber seid ohne Furcht, ich werde Euch nicht verraten, denn der schwarze Holzfäller sieht dieses Opfer mit Wohlgefallen und wird unsere Wünsche erfüllen.«

»Wo ist Alba? Was ist passiert?«

»Wir können ihr nicht helfen. Ohne Seil können wir gar nichts tun. Diese Tümpel sind tückisch und manchmal eine tödliche Falle. Kommt, wir holen Hilfe. Uns trifft keine Schuld. So etwas kann vorkommen, wenn man leichtsinnig ist und nachts ruhelos durch die Gegend streift wie eine läufige Hündin.« Mark grinste, und David schlug ihm ins Gesicht, doch er konnte dieses Grinsen nicht aus seinen Gedanken löschen. Es verfolgte ihn auf Schritt und Tritt.

David tappte noch eine Weile durch den Schnee, um

Alba zu finden, doch er hatte Schwierigkeiten, sich zu orientieren. Mark zeigte ihm schließlich den richtigen Weg zum Haus der Familie. Mr. Ray und seine Söhne begleiteten ihn bis zu der Stelle, wo er Alba aus den Augen verloren hatte. Der Schnee hatte die Spuren verwischt, doch Simon Ray kannte die Gegend genau. Bald fanden sie den Pechtümpel, der unter der Schneedecke fast unsichtbar war. Mark Dodge, der eben noch höhnisch gegrinst hatte, hockte nun am Rand des Tümpels und jammerte immerzu: »Oh Gott, ich hab sie nicht retten können. Oh, Gott, sie ist einfach drauflosgelaufen. Dabei hab ich sie doch so lieb gehabt. Wie eine Schwester war sie für mich!«

Niemand achtete auf ihn, und David war zu verstört, um besonders hilfreich zu sein, als die Rays verzweifelt versuchten, Albas versunkenen Körper mit langen Stöcken zu finden. Sie hielten den Feldmesser für einen selbstgefälligen Tölpel, aber sie gaben ihm keine Schuld an der Tragödie. Sein Kummer über den Vorfall war ebenso groß wie ihrer, und sie wussten schon lange, dass er sich in Alba verliebt hatte, obwohl er sich stets große Mühe gab, seine Gefühle zu verbergen. Nie und nimmer, so dachten sie, hätte dieser harmlose Tropf vom Festland ihr etwas antun können. Und Mark Dodge? Sie hielten ihn für verrückt, kannten ihn als Quälgeist und Unruhestifter, aber sie nahmen ihn nicht ernst genug, um ihm einen kaltblütigen Mord zuzutrauen.

David gab sich selbst die Schuld an dem Unglück, ohne wirklich zu verstehen, was er alles falsch gemacht hatte. Mark verdächtigte er ohnehin, obwohl er nur ahnen konnte, was wirklich vorgefallen war. Doch glaubte er fest daran, dass Mark trotz seines Wahnsinns nie willkürlich, sondern stets planvoll handelte. Seine Pläne hatten eine eigene Logik. Der Aberglaube der Inselbewohner diente hierfür als Grundlage, die ihm so verlässlich wie eine exakte Wissenschaft vorkam. Er versuchte immer wieder äußerst hartnäckig, mit David darüber zu sprechen, und verfolgte ihn mit seinen wirren Reden. Auf ein Opfer müsse unweigerlich die Belohnung folgen, und nach dem Tod der geliebten Alba würden sich nun die sehnlichsten Wünsche erfüllen. Sie müssten jetzt alles richtig machen und sich an die alten Bräuche halten. Er wolle sich bald um das schwarze Pferd und die Laterne kümmern, dann würden sich die Schatztruhen der alten Piratenkapitäne vor ihren Augen öffnen und die Galeeren der spanischen Silberflotte würden an der Küste von Block Island zerschellen und ihnen unendlichen Reichtum bescheren. Echte Gentlemen wären sie dann, reicher noch als die berühmten Brüder Hope. Doch David ging darauf nicht ein. Er versuchte, seinen Kummer in Wacholderschnaps zu ertränken. Es wollte ihm nicht recht gelingen.

Der Kummer wog schwer und wollte nicht leichter werden. Er setzte sich fest, schlug Wurzeln und wuchs wie Unkraut auf sumpfigem Boden.

6

In jener Nacht, als die *Princess Augusta* vor Sandy Point auf Grund lief, war Mark Dodge bereit und wähnte sich am Ziel seiner Wünsche. Jeder wusste, dass ein gestrandetes Wrack viel Geld einbringen konnte, und Mark glaubte ernsthaft, das Schiff sei dem Pferd mit der Lampe gefolgt, weshalb er nach der Sitte der alten Wrecker das größte Recht auf alle geborgenen Schätze habe.

David hatte wohl nur vage Vorstellungen von Marks Wahn. Er wunderte sich lediglich über dessen gute Laune und breites Grinsen, als sie mit New Port und Moses zu dem Wrack hinausruderten. Sie gingen an Bord und teilten sich auf: New Port blieb bei den Passagieren, Moses versuchte, das Schiff flottzumachen, und ich wusste, dass er später in den Frachtraum hinunterstieg, um nach weiteren Überlebenden zu suchen, während Mark die Kabinen im Achterdeck durchkämmte. David folgte ihm. Er hatte plötzlich rasende Kopfschmerzen, aber er durfte seinen unberechenbaren Gefährten nicht aus den Augen verlieren.

Die Kombüse im Achterdeck war dunkel und leer, die gegenüberliegende enge Kabine war ebenfalls dunkel, doch sahen sie dort die Umrisse einer zusammengesunkenen Gestalt. »Licht! Wir brauchen Licht!«, rief Mark Dodge.

»In der Kapitänskajüte müsste eine Öllampe sein«, meinte David und ging langsam voran. Sie tasteten sich durch den Kajütgang, als plötzlich ein gewaltiger Ruck durch das Schiff ging. Die beiden Männer wurden gegen die Tür der Kapitänskajüte geschleudert. Die Tür gab nach und beide stürzten zu Boden. Von draußen hörte man gellende Schreie.

Es dauerte eine Weile, bis David wieder bei Sinnen war. Mark hatte sich bereits aufgerappelt und suchte nach einer Lampe und Feuerstahl. »Es werde Licht! Es werde Licht, sprach der Herr«, rief er unablässig. Er nahm die Öllampe von ihrem Haken an der Decke und stellte sie auf den Kartentisch. »Scheint leer zu sein. Wir brauchen neues Öl. Helft mir suchen, Mynheer, aber geht sorgsam mit Euren Wünschen um!«

David stand wackelig auf und tastete an der Kajütenwand nach einem Schrank oder Regal. Bald fand er eine Reihe Henkelmänner und Tonkrüge. Er öffnete den ersten und schnupperte daran. Es roch nach Rum. Er hielt das bauchige Gefäß an die Lippen, doch mehr als ein Bodensatz war nicht mehr darin. Endlich fand er das Öl, und als er es zu dem Tisch bringen wollte, stampfte das Schiff heftig, so dass er mit dem offenen Krug in der Hand heckwärts taumelte und mit Mark zusammenstieß. »Hoffentlich habt Ihr nicht das ganze Zeug verschüttet«, murrte er. Es war noch genug Öl vorhanden, um die Lampe zu füllen. »Und es ward Licht!«, schrie Mark Dodge, nachdem es ihm gelungen war, sie mit einem Feuerstahl anzuzünden, den er auf dem Kartentisch entdeckt hatte. »Wollt Ihr die Lampe halten, derweil ich nach dem Schatz suche? Seid bedankt!«

Mark durchsuchte die ganze Kajüte, fand aber nichts außer einigen zerfledderten Marinealmanachen und dem Logbuch, aus dem viele Seiten herausgerissen worden waren. Offensichtlich hatte jemand bereits alle Wertgegenstände, mitsamt dem nautischen Besteck und den meisten Seekarten, entwendet und nur den wertlosen Plunder zurückgelassen. Die Kassette, in welcher der Kapitän die Heuer für die Matrosen aufbewahrt hatte, war aufgebrochen und leer. »Gehen wir, hier ist nichts«, sagte David. Marks verständnisloser Gesichtsausdruck amüsierte ihn, aber seine Kopfschmerzen waren inzwischen so stark, dass er seine Umgebung nur wie durch ein schmutziges und zerbrochenes Augenglas wahrnahm.

»Wir haben uns dieses Schatzschiff gewünscht«, rief Mark Dodge wütend, »also muss es auch einen Schatz geben.«

»Ich habe mir nichts dergleichen gewünscht, aber wenn du einen Schatz willst, hier ist er. Das ganze Schiff ist einiges wert, wenn es den Sturm übersteht, und sogar das Holz und die Beschläge sind kostbar.«

»Das ist doch gar nichts. Bestimmt haben sie das Gold und Silber in der anderen Kabine versteckt. Oder im Frachtraum. Die haben gewusst, dass wir kommen!«

»Das ist doch alles Unfug!« David verlor die Geduld und ging mit der Lampe in der Hand in den Kajütgang. Mark überholte ihn und betrat die enge Kabine, in der sie zuvor die reglose Gestalt gesehen hatten. David hob die Lampe, um den Raum auszuleuchten. Das Schiff rollte und stampfte immer noch heftig, doch er hatte sich inzwischen darauf eingestellt und hielt sich mit der linken Hand am Türrahmen fest. Das Licht der Lampe fiel auf einen Mann, der an einem herunterklappbaren Tisch saß. Sein Kopf ruhte auf einer kleinen Truhe, die auf dem Tisch stand. Truhe und Tisch waren besudelt mit Blut, das dem Mann aus Mund und Nase gequollen war. In seinem Rücken steckte ein langes Segelmesser, so wie es die meisten Matrosen bei sich tragen.

»Das ist es! Das ist es! Das muss der Schatz sein!« Mark Dodge zerrte an der Leiche, als wäre sie nur ein Sack Kartoffeln, um an die geschlossene Truhe zu gelangen. Er zog umstandslos das Messer aus dem Rücken des Toten, um damit das Schloss der Truhe zu knacken. Er öffnete den Deckel und nahm etwas heraus. »Was ist das? Papier?

Dokumente? Verträge? Briefe? Was mag das Zeug wohl wert sein?«, fragte er ratlos. »Gleichwie, ich nehm' es mit. Es gehört mir.«

»Lasst es liegen«, sagte eine Stimme hinter David. »Die Matrosen haben das Geld mitgenommen, und diese Dokumente sind für Euch wertlos. Werft sie über Bord, zerreißt sie, verbrennt sie. Sie müssen auf jeden Fall vernichtet werden.« Die kleine Frau, die nun an mir vorbei in die Kabine trat, trug einen grauen Wollkittel und eine weiße Haube. Ihr Gesicht wirkte nahezu kindlich, doch ihre Augen blitzten zornig.

»Ihr wollt mir meinen Schatz wegnehmen?« Mark hob drohend das blutige Messer und grinste herausfordernd.

»Diese Verträge sind kein Schatz, sie sind ein Frevel. Niemand soll sich am Leid dieser Menschen bereichern. Niemand! Gebt das her. Lasst es brennen!«

Mark stieß mit dem Messer zu, doch die Frau wich ihm geschickt aus. Sie stand nun zwischen der Truhe und Mark, während David an der Tür geblieben war und die Lampe hochhielt. Das Schiff rollte, und David verlor das Gleichgewicht. Er prallte so ungeschickt gegen Mark, dass die Lampe zerbrach und sich brennendes Öl über dessen Rücken ergoss. Sein schäbiger Gehrock hatte schon bei dem Zusammenstoß in der Kapitänskajüte eine Menge Lampenöl abbekommen, so dass das Feuer sich nun blitzschnell ausbreitete. Mark kreischte und drehte sich blindlings im Kreis, wobei er das brennende Öl im Raum verteilte, wann immer er irgendetwas zu fassen bekam. David versuchte gar nicht erst, die Flammen zu löschen, sondern stieß Mark in den Kajütgang, von wo er hinaus ins Freie raste wie ein kopfloses Huhn.

David sah, dass eine der beiden Kojen in der engen Kabine Feuer gefangen hatte und dass die junge Frau die Dokumente aus der Truhe nahm und in die brennende Koje warf. Er hielt sie für ebenso verrückt wie Mark und dachte, es sei an der Zeit, die eigene Haut zu retten. So trat er rückwärts in den Kajütgang, um so schnell wie möglich an Deck zu gelangen. Ein neuerliches Stampfen des Schiffs warf ihn jedoch in die Gegenrichtung. Sein Hinterkopf prallte gegen den Türrahmen der Kapitänskajüte und er verlor das Bewusstsein.

Als er die Augen öffnete, litt er immer noch unter rasenden Kopfschmerzen und erkannte seine Umgebung nur bruchstückhaft und verschwommen. Ein Fremder beugte sich über ihn. Seine Gesichtszüge waren so starr und bleich wie die einer Marmorstatue. Der Fremde sagte etwas zu ihm, das er nicht verstand.

7

Das war die Geschichte des Mannes, den ich an Bord des brennenden Schiffes vorfand. Es war meine Geschichte oder sollte es sein, denn sie erklärte vieles von dem, was aus meinem Gedächtnis gelöscht wurde. Sie erklärte jedoch nicht, warum mir diese Erinnerungen fehlten. Ein Schlag gegen den Kopf und eine kurze Ohnmacht konnten doch wohl kaum dafür verantwortlich sein? Zweifellos fehlte eine wichtige, eine entscheidende Information, denn ich konnte mich mit der Geschichte Davids, die angeblich die meine war, nicht wirklich identifizieren.

Ich wollte nicht wahrhaben, dass ich mich wirklich so dumm, rücksichtslos und in jeder Hinsicht falsch benommen hatte. Aber vielleicht hatten Long Kates Karten doch mehr über mich selbst verraten, als mir bewusst war – und ich konnte meinen wahren Charakter erst erkennen, als ich in diesen albtraumhaften Spiegel blickte. Mir blieb nur der Trost der zehnten Karte: Vollendung. Ich hatte eine Ewigkeit, um darüber nachzudenken, was sie bedeuten mochte.

Was Moses widerfahren war, konnte mir David nicht sagen, und er wusste auch nicht, wie Little Kate aus dem brennenden Wrack entkommen konnte. Er aber musste gerettet werden, damit sich der Kreis schloss, und ich hatte die Mittel dazu.

»Folge mir«, sagte ich.

»Durch die Flammen?« Seine Stimme bebte vor Todesangst.

Wir waren nun tatsächlich von Feuer umgeben – einem Feuer, das für mich einem kalt flackernden Schimmer glich, während er seine brutale Hitze spürte. Ich erhob mich und half ihm, aufzustehen. Dann führte ich ihn durch den brennenden Kajütgang. Eine Handbewegung genügte, um die Flammen zurückzudrängen, und nach wenigen Schritten erreichten wir das Deck. Ich deutete auf das Fallreep. »Nimm mein Boot, aber sei vorsichtig. Es hat ein Leck. In dieser Richtung liegt die Küste.«

Im selben Augenblick hörte ich Schreie von Menschen im Wasser und sah Fackeln am Westufer der Insel, so wie damals, in der Nacht des 27. Dezember. David van Roon kletterte fluchend über die Reling auf das Fallreep. »Ich habe nur einen Wunsch«, rief er. »Ich wünschte, ich könnte das alles vergessen – alles, was ich falsch gemacht habe.«

Er verschwand aus meiner Sicht, und als ich zur Reling eilte, war auch das Ruderboot verschwunden, die Schreie waren verstummt, die Fackeln erloschen. »Komm nicht zurück! Kehre nie wieder zurück nach Block Island!«, schrie ich hinaus in die Finsternis. Aber ich wusste, er würde es dennoch tun, so wie ich es getan hatte. Sein letzter Wunsch hatte sich erfüllt. Die Lücken in seiner Erinnerung würden ihm keine Ruhe lassen und ihn zurück auf die Insel locken. *Vollendung.* Ein vollkommener Kreis.

Für mich gab es keinen Ausweg. Ich war die Erinnerung, die er aus seinem Leben getilgt hatte und der er bald aufs Neue nachjagen würde. Ich allein kannte die ganze Geschichte – oder zumindest eine Version davon. Natürlich wusste ich auch, dass er in einigen Punkten gelogen hatte. Sonst wäre sein Wunsch wohl kaum in Erfüllung gegangen, und sein Wunsch war mein Fluch.

Kein Ausweg, keine Erlösung. Nur Treibholz, das auf den Wellen tanzt. Nur ein flackerndes Trugbild, das mit dem Nebel verschwindet.

Ich zog den Holzring, den ich für Alba geschnitzt hatte, aus der Tasche meines schwarzen Gehrocks und warf ihn hinaus in die Dunkelheit.

Zum Weiterlesen

Die Insel des kleinen Gottes basiert auf verschiedenen Überlieferungen, Balladen und Legenden rund um das rätselhafte »Palatine Light«, das bis heute vor der Küste von Block Island gesichtet wird.

Die berühmteste Bearbeitung dieser Überlieferungen stammt von dem amerikanischen Dichter John Greenleaf Whittier. In einem Kommentar zu seinem Gedicht »The Palatine« (1867) schreibt er: »Block Island im Long Island Sund, von den Indianern Manisse genannt, die Insel des kleinen Gottes, war der Schauplatz eines tragischen Zwischenfalls vor hundert Jahren oder mehr, als die *Palatine*, ein Auswandererschiff auf dem Weg nach Philadelphia, vom Kurs abkam und vor der Küste strandete. Eine Meuterei an Bord, gefolgt von einer unmenschlichen Desertion der Crew, hatte die unglücklichen Passagiere an den Rand des Hungertodes und des Wahnsinns gebracht. Man erzählt, dass Wrecker alle Überlebenden bis auf einen retteten und dann das Schiff in Brand steckten, das vor dem aufkommenden Sturm aufs Meer hinaustrieb. Nach derselben Überlieferung sehen die Inselbewohner alle zwölf Monate ein brennendes Schiff vor der Küste.«

Der Chronist der Insel, S. T. Livermore, identifizierte in seiner historischen Abhandlung *The History of Block Island* (1877) das Schiff als die *Princess Augusta*, eines von mehreren Auswandererschiffen der Reederei Hope. Er leugnete, dass das Schiff von Inselbewohnern verbrannt oder mit Lichtern an die gefährliche Küste gelockt wurde, wie in manchen anderen Berichten behauptet. Er bestätigte jedoch, dass die Passagiere nach einer monatelangen Fahrt von der Crew im Stich gelassen wurden und dass Hunderte an Hunger, verdorbenem Wasser und Krankheit gestorben waren. Die im Roman geschilderten Zustände an Bord des Schiffes und die Geschäftsmethoden der Reeder sind nicht übertrieben. Es galt als normal, wenn ein Drittel der Passagiere die Überfahrt nicht überlebte. Wenn der Proviant nicht ausreichte, verteilte man die übrigen Nahrungsmittel gegen Geld, und wer nicht zahlen konnte oder sich nicht verschulden wollte, ging leer aus. Es war üblich, dass die Kosten für die Überfahrt durch Arbeitsverträge beglichen werden konnten.

Livermore erwähnt auch zwei junge Frauen, die den Schiffbruch überlebten und sich auf der Insel niederließen – Long Kate und Short Kate (im Roman »Little Kate«). Long Kate hatte den Ruf, eine Hellseherin mit übernatürlichen Kräften zu sein, und heiratete den Sklaven New Port, mit dem sie drei Kinder hatte, von denen das erste »Cradle« genannt wurde. Short Kate blieb ledig und arbeitete zeitlebens als Dienstmagd.

Die originelle Erklärung, dass das »Palatine Light« durch Schwärme phosphoreszierender Fische hervorgerufen wird, stammt von Welcome A. Greene (»A New Theory Regarding the Origin of the Palatine Light«, *Narragansett Historical Register*, Vol. 5, 1886–1887). Meine Beschreibung des Geisterschiffs beruht vorwiegend auf Angaben Greenes, der das seltsame Phänomen eines Nachts von einem Fischerboot aus beobachtete und tatsächlich zunächst für ein brennendes Schiff hielt.

Eine gründliche historische Abhandlung zur Reise der *Princess Augusta* und zur Entstehung der Legenden um das »Palatine Light« bietet *The Palatine Wreck. The Legend of the New England Ghost Ship* (2017) von Jill Farinelli. Laut Farinelli stammten die meisten Auswanderer aus Schwaigern, die anderen im Roman erwähnten Orte werden jedoch nicht von ihr genannt und sind reine Spekulation. Woher die beiden Kates ursprünglich kamen, wurde nicht ermittelt.

Der erste Leuchtturm auf Block Island wurde 1867 errichtet. Ein Denkmal mit der Aufschrift »Palatine Graves 1738« markiert bis heute das Grab der Schiffbrüchigen.

Dank

Mein Dank gilt Tina Lang für die vielen inspirierenden Gespräche und die veganen Pommes in Konstanz, Regine Kübler für die Tarotkarten, die mir als Rahmen für Long Kates Geschichte dienten, Krista Szöcs für die Redewendung »An irgendwas muss man ja sterben«, meiner Familie für die vielfältige Unterstützung, meinem Lektor Thomas Schaefer für die hilfreichen Anmerkungen, Daniel Frisch für sein anhaltendes Interesse an meinen Gespenstern und dem ganzen Team des Steidl Verlages für die gute Zusammenarbeit.

**Alexander Pechmann
im Steidl Verlag**

Sieben Lichter
Roman

Hardcover
168 Seiten • ISBN 978-3-95829-370-0

Steidl Pocket (Paperback)
164 Seiten • ISBN 978-3-95829-929-0

Im Juni 1828 erreicht ein Schiff die irische Hafenstadt Cove – an Bord sieben brutal ermordete Crewmitglieder und Passagiere. Drei Lehrlinge, zwei Matrosen und der elfjährige Sohn des Reeders haben das Massaker überlebt, der Kapitän ist verschwunden. Noch vor der offiziellen Untersuchung bekommt der berühmte Arktisforscher und Theologe William Scoresby die Gelegenheit, mit allen Überlebenden und Zeugen zu sprechen. Aus den Aussagen ergibt sich nach und nach ein lückenloses Bild der grauenvollen Ereignisse, und doch bleibt der unheimliche Fall rätselhaft: Wer lügt? Wer sagt die Wahrheit? War die Besatzung der *Mary Russell* in einen mörderischen Plan verwickelt oder wurden die sieben Männer Opfer eines Wahnsinnigen? Die Ermittlungen führen Scoresby in einen Abgrund aus Zweifeln, Aberglauben und mitternächtlichen Trugbildern.

Sieben Lichter beruht auf einer wahren Geschichte, einem der sonderbarsten Kriminalfälle des 19. Jahrhunderts.

Steidl Verlag • Düstere Straße 4 • 37073 Göttingen • steidl.de

Die Nebelkrähe
Roman

Hardcover
176 Seiten • ISBN 978-3-95829-583-4

Steidl Pocket (Paperback)
176 Seiten • ISBN 978-3-95829-986-3

London im Juni 1923. Peter Vane kann nicht mehr schlafen. Eine
unbekannte Stimme raunt ihm immer wieder ein einziges Wort
zu: Lily. Doch der junge Kriegsveteran und Mathematikstudent
kennt niemanden mit diesem Namen. Nur das Foto eines kleinen
Mädchens, das ihm sein verletzter Kamerad Finley im Schützen-
graben zugesteckt hat, scheint auf merkwürdige Weise mit Lily
in Verbindung zu stehen. Finley ist verschollen, und um ihn auf-
zuspüren, sucht Peter trotz aller Zweifel Hilfe bei der berühmten
Spiritistin Hester Dowden, die behauptet, mit dem Jenseits Kontakt
aufnehmen zu können. Doch als Peter an einer Séance teilnimmt,
spürt er eine ganz andere unheimliche Präsenz: Oscar Wilde, der
doch eigentlich seit 23 Jahren tot ist, diktiert ihm seine Gedanken.
In der Hoffnung, all dies sei rational erklärbar, versucht Peter mithilfe der exzentrischen Dolly, das Rätsel um Lilys Foto zu lösen,
Mrs. Dowden aDls Betrügerin zu entlarven und seine eigenen
Dämonen zu besiegen.

Steidl Verlag • Düstere Straße 4 • 37073 Göttingen • steidl.de

Die zehnte Muse

Roman
176 Seiten
Leineneinband
ISBN 978-3-95829-715-9

Im Juli 1905 macht der Maler Paul Severin im Zug eine geheimnisvolle Bekanntschaft. Algernon Blackwood, Journalist und Abenteurer, ist überaus interessiert an Severins Malerei. Vor allem an einem Gemälde: Es zeigt das Mädchen Talitha, das Severin ein Jahr zuvor Modell gestanden hatte. Doch Blackwood behauptet, Talitha bereits vor zwanzig Jahren getroffen zu haben. Ungläubig lässt sich Severin Blackwoods Geschichte erzählen: Als Internatsschüler war ihm nachts in den Wäldern etwas Unheimliches begegnet, das ihn nicht losließ. Auch Severin kennt diesen Wald und seine Geheimnisse und berichtet wiederum Blackwood von seiner dramatischen Kindheit.

Als die beiden Männer ihr Ziel Königsfeld im Schwarzwald erreichen, beschließen sie, dem Rätsel gemeinsam auf den Grund zu gehen. Ihre Suche nach dem Mädchen Talitha, das eine seltsame Sprache spricht und nicht zu altern scheint, mündet in einem Labyrinth aus halbvergessenen Gerüchten und düsteren Legenden. Doch vielleicht ist die Wahrheit noch fantastischer als Märchen und Spukgeschichten aus alter Zeit?

Steidl Verlag • Düstere Straße 4 • 37073 Göttingen • steidl.de

Im Jahr des schwarzen Regens

Roman
256 Seiten
Leineneinband
ISBN 978-3-95829-975-7

Charles, jüngster Bruder von Jane Austen, fuhr Zeit seines Lebens zur See. Im Frühjahr 1816 erreicht Jane eine schreckliche Nachricht: Kapitän Austens Fregatte Phoenix hat Schiffbruch vor der anatolischen Küste erlitten. Austen reist weiter nach Smyrna, um die Heimreise zu organisieren. Doch die reiche Hafenstadt, in der viele Nationen friedlich zusammenleben, wird von dem zwielichtigen osmanischen Gouverneur Katipzade Mehmed Bey regiert, der sich seit Jahren für die Interessen der britischen Handelsfamilien einsetzt und den Hass des Sultans auf sich zieht.

Austen gerät immer tiefer in einen mit allen Mitteln geführten Machtkampf, als ihn die junge Witwe Rachel Löwenthal bittet, ihr dabei zu helfen, das Schicksal ihrer Familie aufzuklären, für das Katipzade verantwortlich sein soll. Die Suche nach Antworten führt Austen und seine neuen Freunde bis in die geheimsten Winkel der Jahrtausende alten Stadt, zu dem melancholischen Orientalisten Otto Friedrich von Richter und der taubstummen Anthoula, zu der geheimnisvollen Sängerin Arevhat, zu griechischen Freiheitskämpfern, Sufi-Meistern und chassidischen Mystikern.

Steidl Verlag • Düstere Straße 4 • 37073 Göttingen • steidl.de

Marmaduke Pickthall
Die Taube auf der Moschee
Unterwegs im Orient
Roman
Aus dem Englischen von Alexander Pechmann
240 Seiten
Leineneinband
ISBN 978-3-95829-935-1

Als Marmaduke Pickthall im Frühjahr 1896 aus dem Nahen Osten nach London zurückkehrte, hatte jedoch den Kopf voll mit unglaublichen Geschichten und exotischen Bildern, mit detailreichem Wissen über das Leben und die Mentalität der Araber, Syrer und Palästinenser: Er hatte Freundschaften geschlossen, fließend Arabisch gelernt, kuriose Abenteuer erlebt mit fahrenden Rittern, Geschichtenerzählern, Pferdenarren, Straßenräubern, Gaunern, Fanatikern – überwiegend christlich –, mit verstoßenen Prinzessinnen und Tigerjägern, die vergeblich nach einem Tiger suchen.

Pickthalls Buch, das er erst 25 Jahre später schrieb – mit Abstand zu seinem jüngeren Ich, einem Schuss Selbstironie und viel Humor –, zeigt auf ganz unbeschwerte Weise, dass die Begegnung zweier Kulturen ebenso ein fruchtbarer Denkanstoß wie ein katastrophaler Zusammenprall sein kann. Es ist eine kleine Brücke zwischen Orient und Okzident, die jeder mühelos überqueren kann, um ein wenig klüger und nachdenklicher in die eigene Welt zurückzukehren.

Steidl Verlag • Düstere Straße 4 • 37073 Göttingen • steidl.de

William Godwin
Die Abenteuer des Caleb William

Roman
Aus dem Englischen von Alexander Pechmann
480 Seiten
Hardcover
ISBN 978-3-96999-260-9

Caleb Williams, ein einfacher Bauernsohn, erhält nach dem Tod seines Vaters die Chance, als Sekretär für den angesehenen Gutsherren Ferdinando Falkland zu arbeiten. Caleb ist außergewöhnlich belesen, feinsinnig und hat eine vielversprechende Zukunft vor sich. Doch seine Wissbegierde führt dazu, dass er eines Tages das Geheimnis seines Herren lüftet. Von nun an ist Caleb seines Lebens nicht mehr sicher. Er wird erbarmungslos gejagt, denn Falkland ist jedes Mittel recht, um ihn zum Schweigen zu bringen.

Mit seinem 1794 veröffentlichten Roman über Flucht, Verfolgung und Gefangenschaft hat Godwin ein frühes Meisterwerk der Kriminalliteratur geschaffen. Und gleichzeitig greift er damit hart die Strafgesetzgebung jener Zeit an. Caleb Williams steht exemplarisch für die Opfer eines Systems, in dem »der Mensch zum Zerstörer des Menschen« wird. Seine Zeitgenossen hat dieses eigensinnige Werk zutiefst erschüttert und bis heute hat Godwins Roman über einen zu Unrecht Gepeinigten seine Anziehungskraft nicht verloren.

Steidl Verlag • Düstere Straße 4 • 37073 Göttingen • steidl.de

Alexander Pechmann, geboren 1968 in Wien, Autor und Herausgeber, übersetzte und edierte zahlreiche Werke der englischen und amerikanischen Literatur des 19. und frühen 20. Jahrhunderts: u.a. von Herman Melville, Mary Shelley, Sheridan Le Fanu, Mark Twain, Robert Louis Stevenson, Henry David Thoreau, Lafcadio Hearn, Rudyard Kipling, F. Scott und Zelda Fitzgerald.

Erste Auflage September 2024
© Steidl Verlag, Göttingen 2024

Umschlaggestaltung: Paloma Tarrío Alves
Buchgestaltung: Gwenda Winkler-Vetter
Lektorat: Thomas Schaefer, Göttingen
Gesamtherstellung und Druck: Steidl, Göttingen

Steidl
Düstere Straße 4 / 37073 Göttingen
Tel. +49 551 49 6060
mail@steidl.de
steidl.de

ISBN 978-3-96999-404-7
Printed in Germany by Steidl

Auch als eBook erhältlich